あらがう
獣

あらがう獣《けもの》

柊《ひいらぎ》 モチヨ

ILLUSTRATION：壱《いち》也《や》

あらがう獣

LYNX ROMANCE

CONTENTS

あらがう獣

――こんな再会、望んでなどいなかった。

あのときは馬鹿なことをしたと、本当に悪かったと彼に伝えて、燻《くすぶ》り続けた自分の想いを終わりにしたかっただけだ。


薄暗い部屋で、ベッドに体を預ける彼を押し倒した状態で、視線を横にそらす。心臓が大きく鼓動を打って、息苦しくて身につけていたネクタイを緩めた。

「………はぁっ……」

溢《あふ》れ出す感情を抑えきれず、大きく深く息をつく。自分の下で無言のまま、彼は身を差し出すように抵抗もせず、ズボンのベルトを震える手で外した。

一緒にいることが心地良くて、ただ純粋に愛《いと》しくて、そして――自分のものにしたくてたまらなかった。彼に向ける自分の感情を受け入れられなくて、向き合うことを怖《おそ》れた高校時代の幼い自分は、彼から逃げてしまった。それから十年もの長いあいだ抱え続けていた感情は、こうして彼を目の前にするだけで簡単によみがえる。

「隼人《はやと》……」

名前を呼ばれて、ふと彼のほうに顔を向けた。見上げてくる彼の目は、いつものぼんやりしたものではない。

怯《おび》えたように揺れる彼の瞳に映る姿は、自分が怖れていた獣そのものだった。

1.

うっとうしい行事のひとつである文化祭は、先ほどようやく終わりを迎えた。浮き足立つクラスメイトたちからの打ち上げの誘いを、用事があると理由をつけて断り帰路につく。クラスメイトらの気を悪くさせずに誘いを断ることは、隼人にとって容易なことだ。優しげな垂れ目に整った鼻梁《びりょう》、もともと色素のうすい綺麗《きれい》な茶髪に、すらりとして身長も高い。爽やかさを演じるには充分な外見のおかげで、笑顔で申し訳なさそうに眉尻を下げるだけで大抵は納得してもらえる。それでも納得してもらえないときには、いつものようにうまく言って切り抜ければいい。

普段は通ることのない、人通りが少ない川岸の砂利道は、一応歩道であるものの非常に歩きにくい。冷たい風に吹かれ、髪が風になびく。巻いていたマフラーに顔を埋《うず》めて、隼人はため息をついた。

(なんでこんな遠回り、しなきゃなんないんだよ……)

通っている高校の最寄り駅から電車に乗れば、自宅付近の駅まで乗り継ぎなしで行ける。高校から歩いて帰ることもできたけれど、一時間はかかる。しかもこの川岸の道は、地元で有名な不良の溜《た》まり場だ。面倒ごとが嫌いな隼人にとって、できれば通りたくないルートだった。

しかし、今日ばかりは歩いて帰るほうがよかった。クラスメイトたちの誘いを断ることはできた。しかし、その後に待ち受けていた後輩女子たちの集団がなかなかに強力だった。用事があるからとなかば強引に言い訳し、いつもとはちがう方向に足を向ける。そして遠回りでもある、この道を通るはめになった。でなければ、あの女子たちの集団と一緒に帰らなければならない。得意の愛想笑いを続けるにも、今日は文化祭のせいで笑顔を作り過ぎて疲労が頂点だ。つまり、歩いて帰るほうがマシだった。もし不良の学生と出くわしても、適当にかわすくらいのやり方は知っている。

足元を見ながら歩いていると、ポケットに突っ込んだままのスマートフォンが振動していることに気づく。立ち止まってその画面を見ると、隼人は眉間にしわを寄せた。

確か今日は、月に一度の『屋敷の日』だ。『屋敷の日』というのは、隼人が小さいころにそう名付けただけであって、それを今でも隼人は使っている。『屋敷の日』は、隼人にとって一番いやな日だった。

それは、大嫌いな父親に会いにいく日。といっても高校に進学してからは、勉強を理由に会いにいくことは減ったが。

「……母さん？」

隼人が出ると、電話口で母親はいつも通り、一ヶ月ぶりに父親と会った話をする。庭の紅葉が綺麗だったこと、いただいた茶菓子が美味《おい》しかったこと——会ってもふたりはほとんど話をしないため、母親は父親のことよりも、屋敷の中の話ばかりをする。そして、最後にためらいながらつぶやいた。

『お父さん、あなたに話したいことがあるって言ってたよ。……どう返事するかは、隼人の自由だからね』

戸惑ったような声だった。隼人の気持ちを知っているからだろう、母親はそれ以上言おうとしない。

「……母さん、今歩いているところだから、そろそろ切るよ」

母親の話には返事をせず、隼人はそう告げて電話を切って歩き出した。

父親が言いたいことは、わかっている。昔から言われていたことだ。でも、それを受け入れる気はない。母親とふたりで生きてきたというのに、月に一度会うだけしか関わりのない、気性が荒く仕事だけが生きがいの父親にあれこれ言われたくない。母親にたくさんの苦労をかけておいて、今さらなんだというのだ――。

「……おい、てめえさっき、俺のこと睨《にら》んだだろ？」

橋の下を通りかかったところで、とつぜん男の声が聞こえた。だれもいないと思っていたため、つい立ち止まって声のほうを見てしまう。

前方にあるコンクリート製の橋脚の影に、数人いるようだ。

「えっ……睨んでないけど……」

困ったような声が聞こえた。

「言い訳はいいんだよ、金を寄越せば許してやる。いくら持ってんだよ？」

そのやり取りで、だいたいのことを把握する。どうやら、周辺を溜まり場にしている不良に言いがかりをつけられて、柱の影に連れていかれ金をせびられているのだろう。言いがかりをつけられているほうは声からして弱々しそうで、あきらかに不良を睨む度胸などなさそうだ。声を聞くに、おそらく自分と同じくらいの歳《とし》のように感じる。

（……ここ、ガラ悪い奴らの溜まり場ってウワサ、有名だろ。自分を守る自信がないなら、最初からこんな道通るなよ）

父親の話を聞かされてイライラしていたこともあり、心の中で悪態をつく。幸い、橋脚の影からはこちらの砂利道が見えない。自分には関係ないことだ。気づかれないように通り過ぎようと歩き出したところで、また声が聞こえてきた。立ち止まり、つい横目でその様子を盗み見てしまう。

「今日、あんまりお金なくて」

「そんなウソ、通じると思ってんのかよ？　財布出せよ！」

「本当です……わっ」

「……おい、お前これだけかよ⁉」

「うわ、まじで金ねえなコイツ」

せびられているほうがカバンから財布を取り出すと、不良たちがそれを奪う。中身を確認すると、不良たちはバカにしたように笑い出した。すると学生が、申し訳なさそうな声で話した。

「ごめんなさい、あとで渡すので……待ってください、今連絡先を……」

……なにを言ってるんだ、こいつは？

そんな言い訳を相手が信じるわけもない。もし本当だとしても、連絡先を渡してしまえばこれからも繰り返し理由をつけて金を要求されるということが、わからないのだろうか。

橋脚の影には、派手な服装をした三人の若い男の背と、その男らに囲まれた男子学生の姿が見えた。平均的な身長で、寝ぐせのついた黒い髪。いや、よく見たら焦げ茶色にも見える。しかも、自分と同じ高校の制服を着ていて、襟の色は自分よりひとつ上の三年生のものだ。その学生は隼人の視線にも気づかず、肩にかけているカバンに手を入れてメモ帳を取り出す。

「ふざけんな、そんなウソ信じるわけねえだろ！」

「わ……！」

案の定、学生の言葉を嘘《うそ》だと受け取った不良は、学生の肩を殴った。いとも簡単に砂利に尻餅をついて、学生が持っていたカバンの中身は散らばる。

そして学生が顔を上げた瞬間、それを横目で見ていた隼人と目が合ってしまった。

（……げ）

鈍《どん》くさそうなぼんやりした一重で隼人を見ると、学生はおどろいたように目を見開いた。それに気づいた不良たちが、怪訝《けげん》そうに振り返る。

「……ああ？」

隼人の姿を見つけると、不良たちは視線を合わせ、どうしようか考えあぐねる様子を見せる。そして意見が一致したと思ったのか、隼人のほうへ体を向けて笑顔になった。

「もしかして、お友達？」

同じ制服を着ているからそう思ったのだろう。学生があまりに金を持っていないことに落胆していたらしい不良たちは、新たな標的を見つけたといった顔で、隼人を上から下まで値踏みするように眺める。

面倒なことに巻き込まれた。こうなってしまえば、この鈍くさい学生を置いて去ることはできない。

不良たちに気づかれないように軽く息をついて、隼人はいつもの愛想笑いを浮かべる。

「……はい。彼がなにかしました？」

ポケットに突っ込んだままの片手でスマートフォンを摑《つか》んだ。隼人が害を成す人間ではないと思い込んだのか、不良たちはにやにやと笑いながら隼人の周りを取り囲む。

「ちょっとね。お金借りようと思ったんだけど、持ってないって言うから」

「お友達から借りようかなあ」

不良たちが隼人に絡んでいると、学生があわてたように起き上がる。青い顔で不良の腕を摑んで止めようとした。

「ま、待って……！　その人は関係ないですよね……？」

「うるせえな！」

金を持っていない学生には興味ないとばかりに、不良がその腕を払いのける。すると、学生はよろめいて再び転んでしまう。本当にどうしてこの学生は、こんな道を通ってしまったんだろう。

「連帯責任だよね。ちゃんとお金貸してくれたら、こいつも放してあげるよ？」

不良は、足で学生を軽く小突いた。

暴力で相手を支配し、理不尽な要求を押しつける。ぞっとするくらいに嫌いだった。暴力的で、力で部下を支配する父親の姿が、脳裏をよぎる。

不良のひとりが隼人と肩を組もうとする。伸びてきた手首を、とっさに摑んだ。

「……！　てめえ、離せ……」

手首を摑まれた不良が、隼人の手を振り払おうとその腕を引いた。しかし、隼人が力を込め過ぎたのか、腕を離すことができないようだ。あわてた不良は、もう片方の腕で隼人に殴りかかろうとする。

「っ……!!」

不良が息を飲み、殴りかかろうとした腕を途中で止める。その姿を目にして、ハッとした。父の姿を思い出しているうちに愛想笑いを忘れてしまい、不良を睨んでいた。

すぐに不良の腕を離して、顔をそらす。そして学生のほうへ数歩下がり、不良たちから距離を取る。

——危ない。

「なんだ、てめえ……」

不良たちが、いぶかしげに隼人を睨む。ここで喧嘩《けんか》になってしまえば、さらに面倒なことになる。とっさにポケットの中で摑んでいたスマートフォンを取り出して、適当に番号を押した。……ふりを、する。

「……すみません、恐喝されてる人がいるんですけど。……ええ、場所は桜川《さくらがわ》橋の……」

電話をしているふりをすると、不良たちの顔色がいっせいに変わる。無言で目を見合わせて、隼人たちから離れた。そして隼人を睨みつけて、その場からそそくさと走り去っていった。

予想していなかった事態なだけに適当に演技をしてみたが、まさかすんなり去ってくれるとは思っていなかった。川岸の砂利道を急いで去っていく不良たちの背を見つつ、相手がバカでよかったと軽くため息をつく。

持っていたスマートフォンをポケットに入れて、隼人の横で尻餅をついたままの学生を見下ろした。学生はポカンとした顔で隼人のほうを見上げていて、目が合ってしまう。

さっきの、見られていないだろうか。

「……ここ、不良が溜まるって有名ですよ。明日から、ちがう道を通ってくださいね、先輩」

とっさに愛想笑いを浮かべて、いつものように差し障りない丁寧な対応をする。学年はちがうといえど、学校が同じであれば、不良を睨んでビビらせたなんてバレるわけにはいかない。穏やかな優等生という、都合のいい立ち位置を壊すわけにはいかない――。

しかし学生は、隼人をおどろいたような目で見つめたまま、身動きひとつしない。

……どうやら、見られてしまったようだ。

隼人は愛想笑いをやめると、顔を背ける。今さら言い訳をしても無駄だ。言いふらすようなタイプでもないだろうし、隼人の本性を告げて回ったとしてもこの先輩になにも得はない。あとはこの先輩と、学校内で会わなければいい話だ。

隼人は踵《きびす》を返し、なにも言わずに歩き出す。

「待って！　あの……っ」

うしろから学生に呼ばれたが、振り返らずその場をあとにした。


「ねえ、澤口《さわぐち》くん、なんで昨日はすぐ帰っちゃったの？」

「一緒に帰ろうねって約束したでしょ？」

学校指定のバッグを片方の肩に引っ掛けて、放課後になると同時に教室を出たところで、先輩の女子たちに囲まれる。昨日囲まれた後輩女子たちとちがって、多少強引な手で近寄ってくる彼女たちをまくには、それなりに時間と手間がかかりそうだ。

玄関まで向かう足を止めずに、いつもの笑みを顔に貼りつけて言葉を返す。

「すみません、昨日は用事があったんです」

「じゃあ、今日は一緒に帰ろ！」

隼人のそばから離れようとしない女子たちに、隼人は内心イライラしてしまう。どうやって言い訳をしようか考えつつ、下駄箱から自分の靴を取り出す。

「いや、悪いんですけど今日も用事があるので、また今度……」

「おーい、澤口に客だぞー」

靴を持ったまま顔を上げると、玄関の入り口のほうでクラスメイトの男子が手を振って隼人を呼んでいる。隼人が気づいたことを確認すると、クラスメイトはうしろにいる人に視線を向けた。

「先輩が探してるのってアイツですよね？」

クラスメイトのうしろから顔を出したのは、昨日、川岸の道で思わず助けてしまった、鈍くさい先輩だ。あいかわらず寝ぐせをつけたような焦げ茶色の髪をした先輩は、肩にかけたカバンを持ち直して、顔を上げる。一重でぼんやりした表情をしている彼は、隼人と目が合うと、あ、といった顔で口を開いた。とたんにきらきらと目が輝いて、ようやく探し物を見つけたといった表情に変わった。

「うん、ありがとう」

「やっぱり澤口のことだったんですね！　よかったですね、見つかって」

お礼を言った先輩の顔を見て、クラスメイトは笑顔で手を振り、校庭のほうへ去っていった。そして昨日の先輩は、すぐに隼人のほうにやってくる。

最悪だ。まさか、探しにくるだなんて思ってもいなかった。昨日、自分の本性を見せてしまった人間。もう会うことなどないと思っていたのに。いったい、なんで自分を探しにきたのだろう。

「ねえ、あの人……」

「となりのクラスの男子じゃない？　ほら、いっつもぼんやりしてる……」

どう対応しようか考えあぐねていると、うしろにいた女子たちがコソコソ話していた。自分たちの邪魔をしにきた相手を見つつ、不審な視線を隠そうとしない。

そうだ。都合がいい、これは使ってしまおう。

女子たちから離れて、隼人はいつもの優しい笑顔で先輩の腕を気安く摑んだ。

「今日、先輩と用事があるんで、俺は帰らないと。ですよね？」

「え？　いや、俺の用事はすぐ終わるけど……」

「……ね？」

にっこりと笑って、隼人は強引に先輩の腕を引っ張った。そのまま玄関を出ると、うしろから女子たちが残念そうに声を上げている。追ってこようとしないところを見ると、今日はあきらめてくれたようだ。

校門をくぐり人気《ひとけ》のない道路に入ると、ようやく隼人は先輩の腕を離した。引きずられるように隼人のあとをついてきた先輩は、思わず転びそうになったようで、隼人の背中にぶつかった。

「った……！」

「……先輩」

周りにだれもいないことを横目で確認して、先輩のほうを振り向く。いつもの優しい笑顔を向けると、先輩がぱちぱちとまばたきした。

「どうしたんです？　わざわざ、俺を探しにくるなんて」

すると先輩は、本当に不思議そうな表情で隼人を見つめる。

「なんだか昨日と、雰囲気がちがうね」

「………」

今さらこの先輩の前で優等生のふりをしても、意味がない。そう悟った隼人は頭をがっくりと下げたあと、じとりと先輩のほうを睨み上げる。

「……なにしに来たんだよ」

「いや……昨日、助けてもらったから、お礼をしたいと思って」

敬語を使うのもわずらわしくて、嫌われてしまえばいいかと思い乱暴な口調で話す。しかし、ずいぶんな態度で接したというのに、先輩は気を悪くしたような様子もなく隼人に答える。隼人は眉間にしわを寄せて、先輩を見下ろした。

平均より少し低めな身長と細い体つきをした、焦げ茶色の髪のその人は、顔も平均的で地味だ。一重で、ぱっとしない印象をした目に、鈍くさそうな顔。昨日、不良につき飛ばされたときのままなのか、制服のボタンがひとつ取れたままである。

正直、不良が目をつけた理由もわかる気がする。

「助けてないし、そんなのいらないから。いいから、もう話しかけるなよ」

片方の肩にかけたバッグを背負い直して、両手をポケットに突っ込む。面倒くさいことには関わらないのが一番である。先輩から視線をそらして、隼人は立ち去ろうとした。

すると、先輩はあわてたように隼人に声をかけた。

「待って、えーと……」

つかつかと歩き出した隼人を追いかけて、なにかを言いかけた。それも無視して行こうとするが、それでもあきらめずについてくる。まるで自分がイジワルをしているような図に耐えられなくて、隼人は歩きながらも自分の名前を告げた。

「……澤口隼人。ついてくんなって、えーと……」

「あ……俺も名前言ってなかったよね。小鹿《おじか》、奏一郎《そういちろう》っていうんだけど」

その名前を聞いて、隼人は足を止めた。

「おじか？」

「うん。小さい鹿って書いて、おじか」

「小さい鹿……？　……ぶっ」

平均より少し低い背に、草食系の雰囲気。確かに、名前の通り小動物のようなイメージである。

隼人が吹き出したことにも気づかず、奏一郎は隼人に向かって頭を下げる。

「昨日はほんとにありがとう。俺、ああいうのに絡まれやすくって」

どうやら、自分でもそういう人間だということを自覚しているらしい。奏一郎は顔を上げると、苦笑いを向ける。それを見て、隼人は興味ないといった表情で視線をそらす。

「だろうな。じゃ、俺帰るから」

「あ、ちょっと……！」

踵を返してその場から立ち去ろうとすると、奏一郎は急いで隼人の横に並んだ。早歩きで道を歩くと、奏一郎も必死にそれについてくる。

「……なに？」

同じやり取りを数分繰り返したあと、ようやく隼人は立ち止まった。苛立《いらだ》った表情で振り返ると、奏一郎は息を切らせながら頬を緩ませる。

「だから、お礼がしたくて……」

「さっきお礼してただろ？」

「あんなの、言っただけだよ。なにか、俺にできることないかな」

「いいから、俺は別に……」

しつこい奏一郎に腹が立って、はっきりと言ってやろうとしたが、ひとつ思いついた。これは、利用できるのではないか？

にやりと笑い、奏一郎を見下ろした。隼人の企《たくら》みを理解していないこの小動物は、ぼんやりとした顔で隼人を見上げる。

「先輩。明日から毎日、校門で待ってろよ。お礼は、それでいい」


頬を緩ませ、笑顔で女子たちに告げて、隼人はとなりに立つ先輩――奏一郎の腕を引っ張った。

「じゃあ、今日も先輩と用事があるから」

奏一郎を利用して自由に帰宅できる日々を得てから、二ヶ月ほど経《た》つ。すでに季節は冬に変わった。

奏一郎があとをついてきているのを確認しながら、冷たい両手をポケットにしまい込む。雪はあまり降らない地域だが、やはりこの時期になると空気が冷たい。

実際、奏一郎を理由に帰宅することで、隼人は助かっていた。女子生徒を笑顔ではぐらかす面倒な時間が減ったことは、大きな収穫だ。

そして――。

「今日も川岸、通っていく?」

隼人のあとを追うように歩いていた奏一郎が、足早に隼人の横に並んだ。ちらりとそれを見て、隼人は足を止めないまま、ふん、と鼻を鳴らす。

「どっちでもいいけど」

まずい。今のは、まずかった。ちょっと声が上擦ってしまった。ごまかすように咳払《せきばら》いすると、それに気づかない奏一郎は楽しそうに笑う。

「あのたこ焼き屋、あるといいな。昨日、いつものとこにいなかったし」

首元のマフラーを巻き直し、奏一郎はにこにこと笑いながら歩いている。その横顔を盗み見しつつ、隼人も奏一郎の歩く速度に合わせて帰り道を進んだ。

面倒ごとを避けるために奏一郎と歩いていた帰り道が、いつのまにか、楽しみになっていたのだ。

(バカは俺だろ、なんでわざわざ遠回りして、先輩の帰り道に合わせてんだよ……)

最初は、校門から少し歩いたところまでの道のりのはずだった。しかし、奏一郎がしつこくついてきて話しかけるために、それは学校から駅までの道のりに変わった。その後、奏一郎が駅で隼人を見送ったあと、歩いて自宅まで一時間の道を帰っていることを知った。悪い気がして、以前初めて会った川岸の砂利道を通り、互いの家への分かれ道まで歩いて帰るようになった。

奏一郎との用事を理由にするなんて、そう何回も使える手ではない。それに奏一郎はアルバイトをしていて、シフトが入っていない日の限定された関係だ。二、三回一緒に帰ったら「お礼はこれで充分」と言ってやめる予定だった。なのに。

夕暮れに染まったオレンジ色の水面を眺めながら、川岸の砂利道を歩いていると、遠くに屋台が見えてくる。それを見つけて、奏一郎は嬉《うれ》しそうに声を上げた。

「……あ！　いた、たこ焼き屋。早く行こう、隼人くん」

「はあ⁉」

奏一郎に初めて名前を呼ばれ、隼人はカッと顔を真っ赤にさせてしまう。くすぐったい呼ばれ方が慣れなくて、照れ隠しのように眉間にしわを寄せる。

「やめろ！　俺のほうが年下なんだし、くんつけるなよ！」

「ええ……？　わ、わかったよ、えーと……隼人？」

ただ名前を呼んだだけで怒られるとは思っていなかったらしい奏一郎は、困った顔をする。まさか、奏一郎に名前を呼ばれることがこんなに恥ずかしいことだと思っていなかった隼人は、肩を強張らせてマフラーに顔を埋める。そして、ポケットに手を突っ込んで、足早に歩いた。

しかし、奏一郎はそこまでこの話に執着せず、彼の注意はすぐに屋台のほうに向けられた。

「あっ！　屋台が……早く行かないと！」

隼人を通り過ぎて、奏一郎はあわてて屋台のほうへ走っていく。人通りの少ない道に長居は無用と告げるかのように、たこ焼き屋の屋台は移動するために準備をはじめていた。

「隼人、どうしたの？」

重症だった。名前で呼ばれることも、それを呼ぶ奏一郎がどうしようもなく、可愛《かわい》く見えてしまうことも。

放課後のわずらわしいやり取りをしなくて済むことだけではない。こうして奏一郎と一緒に帰る道のりが、大きな喜びになっているのだ。

（男相手になに考えてんだよ……）

そう思うのは、自分をさらけ出せる相手が今までいなかったからだ。そう自分に言い聞かせて、ポケットに手を突っ込んだまま、奏一郎のほうに歩いていった。

無事にたこ焼きを買えた奏一郎は、袋をふたつ下げて隼人のほうへ戻ってくる。嬉しそうな奏一郎からそれを受け取り、川岸の草原に腰をおろす。にこにこと笑顔でたこ焼きを頬張る奏一郎を横目で見て、隼人は呆《あき》れたように言った。

「こんな寒空の下で、男ふたりで買い食いして、なにがそんなに楽しいんだよ？」

ぶっきらぼうに言い放ち、たこ焼きの入っているパックを開ける。六個入りの出来立ての丸いたこ焼きは、熱々の湯気を立てていて確かに美味しそうだ。しかし、時折吹く北風が冷たくて、ここには長居できそうにない。できれば暖房の効いた暖かい部屋の中で食べたい。

「え？」

熱々のたこ焼きをふうふうと冷ましてから頬張っていた奏一郎は、隼人のほうを見る。それをゆっくりと飲み込んで、奏一郎は視線を少しそらしながら口を開いた。

「俺はバイトばっかりで、と……友達と一緒に帰るってあまりしたことないから、なんだか楽しくて」

遠慮がちに笑い、隼人の顔を窺《うかが》うように見上げる。友達、という言葉を聞いて、隼人は息を飲む。

相手は男だ。奏一郎にとって自分は、友達なんだ。

当たり前であることに、どうしてか傷ついたように胸が苦しくなる。友達という言葉が繰り返し脳裏に浮かぶ。

「……友達じゃない」

ぼそりとつぶやいた言葉は、とつぜん吹いた風の音にかき消された。隼人がなにか言ったことに気づいたらしい奏一郎は、遠慮がちな笑顔のまま聞き返した。

「え？」

言ったら、奏一郎は傷ついてしまうかもしれない。わかっていたというのに、なにも考えられないまま隼人は口を開く。

「俺は、面倒くさいんだ。周りと深く関わることが」

苦しくてしかたなくて、言い訳をするようだった。だれにも言ったことのない本当の気持ちを、言葉に変えた。

「そういう面倒くさいことを避けるために、先輩と帰っているだけだ」

今はもう、それだけが理由じゃない。なのに、友達という言葉を否定したくて、ただそれだけのために告げる。言ってからハッとして、隼人は持っていたパックを草原へ落としてしまう。

「…………っ」

ひどいことを言った。奏一郎の顔も見ることができずに隼人は立ち上がり、カバンの取っ手を乱暴に摑んで走ってその場を去る。うしろから奏一郎の声が聞こえた気がしたが、振り返ることはできなかった。

(もう終わりだ。あんなこと言って傷つけて、さすがに嫌われたはずだ)

もとから終わりにしようと思っていたことだ。そう思うのに、先ほどよりも心臓が痛いほどに苦しかった。

きっと約束の校門前に、彼はいない。

授業が終わると、隼人はカバンを肩にかけて教室を出た。クラスメイトにも、声をかけてくる別のクラスの女子にも、いつもと同じように笑顔であいさつを返す。

昨日の苦しさが嘘のように、今日も普段通りに過ごせた。大丈夫、いつも通りにできている。なんだ、奏一郎とのことはそれだけのことだったんだ。終わりにできるんだ。奏一郎がいなくなっても、嫌われても、自分にはなにも関係ない――。

自分を説き伏せるように、繰り返し関係ないと心の中でつぶやく。昨夜から何度、同じことを自分に言い聞かせただろうか。以前の自分の行動がわからない。どうすることが普通だったんだろう。友達と言われたことにひどく傷ついて、むきになって傷つけ返して。たった二ヶ月で、彼の前では仮面を被ることができなくなってしまった。

いるわけないとわかっているのに、足早に校門前へ向かう。奏一郎と一緒にいて、自分が変わっていくことが怖い。

それでも、奏一郎といる心地よさを忘れることができなかった。

「……！」

約束の校門前には、いつものようにチェックのマフラーを身につけて立つ奏一郎の姿があった。

「あ……！」

立ちすくむ隼人に気づき、奏一郎は顔を上げる。安心したように頰を緩ませると、隼人のほうへ歩み寄った。どうして——そう言いたげに見つめる隼人に気づいたのか、奏一郎は視線を少しだけそらす。そして、おそるおそる口を開いた。

「……俺も、隼人と同じだよ。お礼っていう理由だけで、一緒に帰っていた。でも結局、今では隼人と帰るのが一番の楽しみになっているんだ」

奏一郎は照れたように、眉尻を下げて笑った。

そのたった一言で、自分にだけ向けられた笑顔で、苦しいほどに心臓は鼓動を速める。友達とも、ましてやただの先輩後輩という関係だとも認めたくない相手。幼い隼人は見ないふりをしていたけれど、本当は気づきはじめていた。

「な……に言ってんだよ。バカだろ、奏一郎」

思わず呼び捨てで呼んでしまい、ハッとして隼人は片腕で口を覆う。しかし奏一郎は笑顔を隼人へ向けた。

「呼び捨てのほうが嬉しい。友達って感じがする」

友達という言葉に、ずきりと心臓が痛む。それでも、自分に向けられた嬉しそうな笑顔を見て、隼人は安心してしまう。
隼人にとって奏一郎は、特別な人になっていた。

2.

――懐かしい夢を見た。それは十年も昔、幼くて愚かだった自分の、後悔の夢。

「…………え……？」

気づくと、そこはゆらゆらとネオンが揺らめく薄暗いホールだった。

しずかで上品な音楽が流れる店内に、酒の匂い。酔って上機嫌な客たち。並べられたガラステーブルの上には、グラスやフルーツが置かれている。目の前を通り過ぎた男性店員は、高級ブランドのスーツを身にまとっている。

ぼんやりとした視界に映る状況から見て、どうやら先ほどまで飲んでいた居酒屋から移動したらしい。らしい、というのは、記憶がほとんどないくらいに酔っていたため、状況が理解できていないからだ。

（くそっ、あんまり飲んでなかったのに……）

隼人は髪をかき上げて、がしがしと頭をかいた。ソファに座り直して、背もたれにだるい体を預ける。ボタンを外して、着崩れていたスーツの上着を直した。

記憶が途絶えたのは、あのあとだ。仕事の取引相手にさんざんお酒を勧められて、断りきれずに飲んだ、あと。

(あの人、大酒飲みですぐ悪酔いするんだよな)

徐々に記憶がよみがえる。そういえば今日は、週末ということでその取引相手に呼び出され、ビールを勧められた。酒に弱い隼人は、いつもならそれとなくかわしてお酒を飲まずにその場を去る。たとえば体調が悪いだとか、まだ仕事が残っているだとか――いつも通り笑顔で伝えれば、だいたいの人間は納得してくれる。隼人の、品のよさそうな風貌やすらりとした体格と高身長、さらさらで綺麗に整えられたショートの茶髪に、前髪から覗《のぞ》く優しそうな垂れ目の穏やかな表情は、人当たりがよいふりをするには役立つものだった。

だが、今日の席はそうもいかなかった。相手と、時期が悪い。大手の会社で、しかも昨日、大口の取引を成立させたばかりだ。だからこそ、笑顔で勧められたグラスを受け取ってしまったのだ。

酒は嫌いだ。なにせ、他人には見せたくない本性を引き出されてしまうのだから。酒が弱い人間にとって、その影響は大きい。

飲酒するしかない状況に陥ったときは、弱いことを悟られないよう相手を話術で気持ちよくさせて、自分は少しずつ酒を飲む。酒が弱い隼人はそうやって、大手旅行会社の営業部という仕事上避けては通れない酒の席をくぐり抜けてきた。しかし、今日は本当にタイミングが悪かった。昨日まで大口の取引を成功させるために奔走していて、とても疲れていたのだ。

だからこそ、記憶がない。つまり、ひどく酔ってしまったようだった。

「どこだよ、ここ……」

ぼそりとつぶやいて、周囲を見渡す。

それにしても、おかしい。確かに酔っぱらってはいたが、なんとか取引相手をうまく酔わせて、店を出てすぐにタクシーに乗せた記憶がある。そして自分も帰宅するため、タクシーを探していた記憶もある。それがどうして、こんな場所にいるのだろう。雰囲気は高そうなクラブのようだが、見ると店員は男性しかいない。客は女性だけではなく、男性も多くいるように見える。どの客も金持ちそうな雰囲気で、あきらかに普通の店ではないことを悟る。

同性と酒を楽しむ店に縁はないし、興味もなかった。そして、酒自体好きではない。自分から店に足を運ぶことは、まずないと思うのだが。

「……あ。ようやく起きました？」

となりから声が聞こえて、視線だけ向ける。ぱっちりとした目鼻立ちに甘えたような声。可愛らしいほうに分類されるスーツ姿の男性店員が、じっと隼人を見つめている。

「……そうだ、あいつ……」

激しい頭痛とともに、タクシーを探していたときの記憶がよみがえる。そういえばあのとき、背後からあの男――兎嶋《としま》に声をかけられたのだ。

「……あれ？　隼人さんじゃないですか」

まるでたまたま会ったかのように話すが、この男が偶然を装って声をかけてきたことを、隼人は理解していた。酔っていて面倒だったことも相まって、隼人はそれを無視して空車を表示するタクシーに向かって手を挙げる。すると、兎嶋は隼人の腕を引っ張って車道から距離を取らせた。空車のタクシーは隼人の手に気づかず、そのまま通り過ぎてしまう。

「ちょっと、ちょっと待って！　ね、せっかくここで会ったんですし、どこか飲みに行きましょうよ？」

「……行くわけないだろ。こんなところまでついてきやがって…」

兎嶋の腕を振り払い、見下ろして一瞥《いちべつ》する。

隼人よりは小柄な体に黒のスーツを身にまとい、派手な金髪をした頭で、赤縁の眼鏡をかけているその男のことを、隼人は嫌いだった。飄々《ひょうひょう》としていて捉えどころがなく、なにを考えているのかわからない。嫌いというよりは、得体が知れなくて気持ちが悪い。

それに、兎嶋が自分の周囲をよくうろうろしていることも耐えられなかった。おそらく父親の使いで来ているのだろう。

いやみを言うと、兎嶋はにやにやと笑った。

「バレちゃいましたあ？　すみません、それが僕の仕事なんでね」

「俺を監視してもムダだって、親父《おやじ》に言えと言ってるだろ」

「わかってますって。それより、めずらしく酔っている隼人さんに、楽しいお店を紹介したくて」

楽しそうに笑う兎嶋を見て、隼人はふらつきながらも踵を返す。この食えない男のペースに乗ってしまえば、面倒ごとに巻き込まれるだけだと知っているからだ。

しかし、兎嶋はそれでも隼人のほうに寄ってきて、となりにぴったりくっついて話を続ける。

「いや、本当いいところなんですよ。僕のオススメです。行きましょうよ」

「行かない」

「そんなこと言わずに、ね？　僕がおごりますから」

隼人の歩くペースに合わせつつ、兎嶋はしつこく隼人に言い寄った。隼人におごらせるためか、もしくは遊んでいるだけか、どちらにしても隼人にとって利点はない。いつものように無言で突っぱね、帰宅しようと考えていた。

しかし、そのとき隼人はさんざん酒を飲まされて酔っていた。本当に、日が悪かったのだ。

——そして、気づいたときにはすでに、兎嶋の「オススメ」であるこの高級クラブの席に座っていた。兎嶋に連れてこられたここがどんな店なのかようやく勘づいて、酔いが覚めた隼人は固まった。人が多く集まる居酒屋ですら好んでは行かない隼人にとって、こういった場所は未知の領域だ。しかも入り口付近を見てみると、とある職種を想像してしまいそうな、筋肉質で険しい表情をしたスーツの男たちが店内を見回している。おそらく用心棒だ。

店の勝手もわからないし、なによりトラブルに巻き込まれそうな予感がする。早く帰るに越したことはない。周りを見るが、兎嶋は見当たらない。

となりに座っている店員に聞こうと、ソファから体を起こそうとした。

「すみません、俺の連れって、……つっ……！」

相当強い酒を飲まされたようで、体を起こしたとたん頭に激痛が走る。目の前がくらくらして、頭を抱えた。

「大丈夫ですか？　お客様のお連れ様なら、とっくに店の子連れて行ってしまわれましたが」

隼人が聞きたいことを悟った店員は、手慣れた様子で水の入ったグラスを隼人へ差し出す。眉間にしわを寄せたままそれを受け取りつつ、隼人は体をゆっくりと店員に向けた。

「え？　連れて？」

「お客様、お連れ様に無理やり連れてこられたのではありませんか？」

少し低めの声で、店員は楽しげに隼人へ言った。兎嶋はおそらく、予想通り隼人におごらせるためにここに来て、さんざん飲んで楽しんで帰ったのだろう。兎嶋はゲイであることを公言しており、隼人もそれを知っていた。そのため、兎嶋がこういったクラブに通っていることはそれほど不思議なことではない。

それよりも、兎嶋の思惑通り会計を持たされることになって、隼人は眉間にしわを寄せた。イライラした気持ちをこれ以上表に出さないよう気をつけて、隼人はうなずく。

「まあ、そうですけど……」

「やっぱり。似合わないなと思っていました」

あははと楽しげに笑って、店員は顔を上げる。高価そうなスーツを着た彼は、隼人を上目遣いで見つめた。

「だって、お客様そういうの困ってないんじゃありませんか？　けっこう顔いいし、品もよさそうだし」

ふふ、と口に手を当てて微笑《ほほえ》み、店員はじっと隼人を見つめる。少し頬を染めて、今度はそっと隼人に自分の体を寄せてきた。

「ね……僕を指名してみる気、ありません？」

「……はい？」

水の入ったグラスを手にして、店員のほうを見ずに聞き返した。指名と言われても、こういった店に来たのは初めてで勝手がわからない。こうやって一緒にお酒を飲んでいることは、指名のうちに入らないのだろうか。

しかし面倒くさい。擦り寄って上目遣いで色気を振りまいてくる姿が、どうしてもうっとうしくてしかたなかった。同性に興味がないだけではなく、正直、女性にもあまり興味はない。まったくないというわけではなく、これまでも何度か女性と付き合ったことはあるが、長続きしたことは一度もなかった。

自分からフッたわけではない。付き合った女性全員が口を揃《そろ》えて言うのだ。

『私に興味、ないでしょ？』

それは、去っていく女性を一度も引き留める気にならなかった隼人が、一番わかっていた。

なんて無意味なことを繰り返していたんだろう。一時的に興味もない女性からの好意を受け入れて、付き合ってはすぐにフラれるなどという行動を続けていたのも、十年前、高校生だったころに起こしたとある出来事を忘れるためだった。しかしそれはうまくはいかず、ようやく不毛だと気づいて、大学を卒業してからは女性からの誘いを断るようになった。

社会人になって必死に仕事に向き合っているうちに、あの苦い出来事はようやく思い出に変わっていったけれど。

――危ない。思い出しかけた。もう、忘れたと思っていたのに。よみがえってきた記憶をなかったことにして、隼人は自分の横に置いてあったカバンに手を伸ばした。

「こっそり、紹介とかごまかしておきますよ……？」

「……悪いけど、もう帰りますから。会計してもいいですか？」

少し不機嫌な様子を見せてしまうが、酔っていたこともあって、いつもの人当たりのよい演技はできなかった。

「えー、そっか……残念」

眉尻を下げて、店員は唇を尖《とが》らせた。指名の意味はわからないが、やはり営業トークだったのだろう。隼人が断ると、すぐに引き下がった。

「ねえ、ちょっと！　お客様がお帰りだから、用意して」

店員は周囲を見渡して、近くにいた店員に手を振って呼びつけた。声をかけられた店員は、おどろいた様子で肩を震わせた。

初々しい様子から見て、新人なのだろう。うしろ姿は、男性にしては華奢《きゃしゃ》なほうだ。黒に近いこげ茶色をした髪は短めで、クセがある。

そういえばあいつも、会うたびに寝ぐせをつけていて、よくそれを指摘していた。

（なに思い出してんだよ……）

未練がましい。もう過ぎたことなのに、どうして今日はよく思い出してしまうのだろう。きっと飲み過ぎだからだと自分に言い聞かせて、隼人は自分のカバンへ視線を落とす。

「早くしてよ、カナ。はい、これ持っていって」

店員は新人に伝票を渡そうと体を起こした。店員の強い香水の匂いがつんと鼻を刺激して、思わず顔を上げる。

そして、ちょうど伝票を受け取っていた新人の店員と目が合った。

黒い瞳に、地味な印象の顔だち。ぼんやりとしたその表情はどこか無表情にも見えるが、隼人と視線が合ったその瞳は、動揺しているようにも感じられる。

見覚えがある。いや、見覚えがあるどころではない。

「……え」

——思わず、目を丸くした。

新人の店員も、隼人の表情に気づいたのだろうか。すぐに視線をそらして、伝票を持って去ろうとする。

「ちょ、ちょっと待って……！」

しかし、それは立ち上がった隼人が腕を摑んだことで、阻まれた。華奢な腕は、摑まれたまま固まってしまう。顔をそらして、新人の店員は隼人のほうを見ようとしない。

「？　どうしたんですか？」

店員が不思議そうにふたりを見て、隼人に声をかけた。その声は、隼人には届かない。摑んだ腕の感触で、隼人は疑念を確信に変えた。

「……奏一郎、だよな？」

ようやく振り返り、隼人を見上げた新人の店員は、戸惑った黒い瞳に隼人を映した。


「……はい、どうぞ」

となりに座る奏一郎が、遠慮がちにグラスを隼人へ渡した。隼人はハッとして奏一郎のほうを向く。

本当は、ひどく動揺していた。それを隠すことは容易ではなかったが、動揺していないふりをすることはできる。しかし、思わず奏一郎を指名して自分のとなりに座らせたはいいものの、なにを話せばいいかわからない。いや、なにをしたくて奏一郎を指名したのかもわからない。

むしろ、だれかに問いたい。高校時代の先輩が高級クラブで働いていたところに遭遇するなんて、どういう態度を取れば正解なのだろうか。非常に気まず過ぎる。

「……奏一郎、ひさしぶりだな」

隼人が精一杯の差し障りのないあいさつをすると、奏一郎はきょとんとした顔でまばたきをした。

(……まずい。なに言ってんだ、昔のいやな知り合いにこんなところで働いているところを見られて、しかもひさしぶりなんてどうでもいいこと言われたくないだろ)

顔を青くして、隼人は奏一郎からグラスを受け取って顔をそらす。しかし、奏一郎はようやく表情を緩めると、隼人が聞き慣れた優しい声で言った。

「そうだね、隼人と最後に会ったの、俺が高校三年のころだから……もう十年ぶり？」

懐かしい声に、高校時代の記憶がよみがえる。穏やかな口調で話す奏一郎の横顔を、横目で見やる。黒に近い焦げ茶色のクセっ毛の髪に、一見ぼーっとしているようにも見える地味な顔立ちの奏一郎は、高校時代と変わらない。身長は平均的だが、当時から運動が苦手であまり鍛えられていない貧相な体は、ブランドのスーツに飾られているものの、着ているというより『着られている』といった印象だ。どう見たって、地味な奏一郎には似合わない。

着なれないスーツを着て、奏一郎はなぜここで働いているのだろう。

「これ、似合わないよね」

「……え!?」

とつぜん隼人のほうを向いて、奏一郎はスーツの襟を摑んで少しだけ開く。緩く結ばれたネクタイと、華奢な体にぴったりの、細めなデザインのワイシャツが見える。心の中で思っていたことを読まれて、隼人は動揺したように返事をした。

「まあ、似合わないよな。アンタ、貧相だし」

「……隼人って、ほんと正直だよね。昔から」

「しかたないだろ。だって、ほんとに奏一郎には似合わないし」

ははは、と笑って、奏一郎はスーツの襟から手を離す。

建前ばかり話すのが得意な隼人にとって、正直なことを言えるのは、奏一郎だけだった。

(……奏一郎、なんでこんなとこで働いてんだよ?)

どうして、あの奏一郎がクラブで働いているんだろう。要領が悪くて流されやすいけれど、嫌いな父親に反発するだけで逃げてばかりの自分とはちがっていた。将来の夢も持っていて、こういった世界とは縁がないと思っていた。

理由を聞き出したかったが、聞けなかった。思い返せば自分はもう、奏一郎にとって過去の人間だ。こうして会話してくれるのは、きっと、優しい奏一郎が自分を友人として認めてくれているからなのだろう。

(もう奏一郎のことは俺には関係ないんだから、いちいち気にするなよ)

自分に言い聞かせるように心の中でつぶやき、隼人は軽くため息をついた。

ここにはもう来ない。きっと奏一郎だって、来てほしくはないはずだ。そう心に決めて、隼人は奏一郎と目を合わさず、グラスの水を見つめていた。


「隼人、今日も来てくれたんだ」

――心に決めたことは、果たせないことのほうが多い。

暗い紺色のスーツを着て、寝ぐせのように少し跳ねたクセっ毛の焦げ茶色の髪をした奏一郎は、遠慮がちに距離を置いて隼人のとなりに座った。貧相な体には似合わない高級な服装に着られている奏一郎に、思わず口にしていたグラスの水を吹き出しそうになった。学生服姿しか見たことがなかったため、やはり違和感は大きい。それに気づいた奏一郎は、気まずそうに視線をそらした。そして無言で、隼人が注文した度数の低い酒をグラスに注ぐ。

（……なんでまた寄って、奏一郎を指名してんだよ、俺……）

奏一郎が働くクラブ『ガラスの靴』は、会社があるところから電車で五駅ほどの、歓楽街の奥にある。ふらふらと歩く酔っ払いや、露出が激しい衣服に身を包んだ艶《あで》やかなホステスが通り過ぎる道の先。人通りが少なくなったところにある建物に、ひっそりと看板を掲げていた。一見《いちげん》さんお断りと言わんばかりのわかりづらい店構えで、実際そのクラブの中に初めて入るには紹介者の同伴が必要だ。店員に案内され、地下へのエレベーターを降りると、一気に雰囲気が変わる。地上の閑散とした通りが嘘のように、店内は満席に近い。男性客専門というわけではなく、女性客も多いこのクラブでは老若男女さまざまな客が訪れ、男性ホストとの酒の席を優雅に楽しんでいた。だれもが金を持っていそうでしかも品のよい客ばかりで、高級クラブだということが見てわかる。広い店内や、きらびやかな装飾、入り口付近で目を光らせるサングラスの用心棒を見るかぎり、儲《もう》かってはいそうだ。

もう奏一郎とはなにも関係ない、この店には来ないと決めたのは、つい先週末のこと。なのに仕事の商談中も気になって集中できず、なにも考えずに電車に乗って、ふらふらとこの店の前に着いたのは、先ほどだった。

（奏一郎は昔の友人だから、気になっているだけだ）

ここに来た言い訳を話す必要も、話す相手もいないというのに、隼人は心の中で言い聞かせるようにつぶやく。奏一郎から渡されたグラスを受け取り、隼人は奏一郎を見ることができずにそれを口にした。

「そういえば、今日もすぐ対応してくれたけど……ほかの客から指名されないのか？」

なにげなく聞くと、奏一郎は無言になる。どうしたのかと思い見やると、いつものぼんやりした顔ではなく、目を泳がせて動揺している様子が窺えた。

それを見て、隼人は目を細めた。わかった、と言いたげに口の端をつり上げる。

「やっぱり。奏一郎、接客とか苦手そうだし、そんな貧相な見た目じゃあ指名されるわけないか」

「え……」

隼人を見て目を丸くすると、奏一郎は苦笑いをする。

「い……いいでしょ、別に」

隼人の腕を軽く小突いて、奏一郎はテーブルに置かれたグラスに手を伸ばす。一瞬、安堵《あんど》したようにも見えたが、奏一郎はすぐにいつも通りの様子に戻った。

くそ、それにしてもあいかわらず可愛い。高校時代からそうだった。地味な奴で、ぼんやりしていて魅力なんて感じられないと思っていたのに。

(話下手だし、鈍いし要領悪いし……なんで俺、未だに未練がましく奏一郎に付きまとっているんだ……)

はあ、と大きくため息をつく。それに気づかない奏一郎は、膝に両手を乗せてぼんやりと店内を見回した。

「でも、隼人は指名してくれるけど、なんで……？」

「え？」

核心を突かれて、隼人は思わず体を起こして奏一郎のほうを見た。しかしぼんやりとした表情のまま隼人を見て、奏一郎はまばたきをする。

高校時代、隼人と奏一郎のあいだに起こった出来事を、奏一郎も忘れるはずはないと考えていた。眉をひそめて、隼人は奏一郎から視線をそらしてガシガシと頭をかく。

「……たち悪いぞ」

「……？」

「俺の気持ち、わかってて聞いてんだろ。なにが目的だよ」

それでもわからないふりを続けようとする奏一郎に、隼人はさらに不機嫌な顔になる。しかし、奏一郎は至極ふしぎそうに考えあぐねているだけだ。

「ご、ごめん。俺、なにかした……？」

不機嫌な隼人に気づいたようで、奏一郎は遠慮がちに聞いた。

本当に覚えていないのか？

「お前、ほんとに覚えてないのかよ？」

「……なにを？　昔のこと？」

ウソだろ。まさかあのときのこと、記憶にないのか？

奏一郎に向き直って、隼人はさらに眉をひそめた。

――隼人が、唯一自分を隠すことなくいられた放課後の帰り道。となりで歩く奏一郎が話す言葉が心地よくて、特別だった日々。初めて人を好きになって、相手が男だということにも戸惑って、苦しくなって耐えきれなかったこと。

そして、奏一郎に――。

(くそ、思い出したくもない)

あの日、逃げるようにその場を離れて、それから会いにいくことはできなかった。

自分の人生が変わるくらい、それは隼人にとっては大きなことだった。一方的に好きになって、自分のせいで――拒絶されて。ひどいことをしたという後悔と同じくらい、好きだという気持ちが育って、隼人を苦しめ続けてきた。だからもう忘れてしまおうと思っていたのに。

奏一郎にとっては簡単に忘れてしまうくらい、小さなことだったのだろう。きっと、あの意味すら理解していない。

「……なんでもない。ひさしぶりだったから、話がしたくて指名しただけだ」

視線をそらして、グラスに入った酒を口に含む。指名した理由はそれだけではなかったが、確かに話したかったのも本当だ。

昔のことを話したところで、なにも変わらない。ここに来たのだって、奏一郎に会いたくて、そしてこんなところで働いていることが心配だったからだが、それは奏一郎にとっては迷惑な気持ちかもしれない。奏一郎がクラブで働く理由を、自分が聞く立場にないことを隼人は悟った。

自分にとって奏一郎は大きくて唯一の存在だとしても、奏一郎にとっては、自分はその程度のものなのだ。

（……バカだな、俺）

もう、潮時だ。十年経ってここで再会できたのはきっと、隼人が奏一郎を本当にあきらめるために用意された偶然だったのだろう。

もうクラブには来ない。奏一郎にも会わない。それだけのことだというのに、ずきりと心臓が痛んだ。

「……来たばかりで悪いけど、仕事思い出した。俺、もう帰るから」

「え……？」

自分の気持ちにふたをして、隼人は奏一郎のほうを見ずに話した。得意の愛想笑いは、できなかった。

3.

——最近、よく昔の夢を見る。十年も前の、高校生のころの夢だ。

中心街から離れた場所にある、暗い川岸の砂利道を歩いていた。小さい街灯や月の光に照らされた道は、そこまで暗くはない。冷たい風が吹いて、高校生の隼人は小さく吐息を漏らした。こぼれた息は、白くなって消える。

「来月、俺、就職の面接あるんだ」

となりから声が聞こえて、ふと横を見る。チェックのマフラーを巻いた奏一郎が、砂利道に転がった石を蹴りながら歩いていた。どうしてかはわからないが、今日は奏一郎の様子が少しちがった。こうして将来の話をすることも、これまではなかったことだった。

奏一郎が言った言葉に、隼人は思わず立ち止まる。奏一郎は高校三年生で、今は冬。確かにそういう時期だが、なにも聞いていなかった隼人はおどろいたように固まった。

「……は？　就職すんの？　大学は？」

「うち、お金ないからさ。進学は無理だし、もともと早く働きたいって思っていたから」

隼人が立ち止まると、奏一郎も立ち止まった。そして、川のほうに視線をやる奏一郎を見て、同じように川へ視線を向ける。

月や周囲の建物の光が映った川は、キラキラと色を変えながら流れていた。

「……なんで？」

聞かないほうがいいのかと考えながらも、隼人は無意識のうちにつぶやいた。聞きたくない、という気持ちのほうが勝っている気がした。

「……お世話になっている人にお礼をしたいから……早くお金を稼ぎたいんだ」

めずらしく自分の話をする奏一郎は、川の方向を見つめながら話した。そういえば、奏一郎のことをよく知らない。その横顔がどこかさみしそうにも見えて、なにか声をかけようと奏一郎を見下ろすが、言葉が見つからない。

すぐに奏一郎は、隼人を見て笑顔になった。

「それに、やってみたい夢もあるんだ」

いつもの奏一郎に戻ったことに対して安堵を感じた。しかし、同時に奏一郎の言葉が隼人の心に突き刺さる。

「ふーん……」

自分には、したいことも夢もなかった。

母をないがしろにして仕事に熱中する父を軽蔑し、自分は父とはちがうと言い張るだけで、あらがうすべもわからず、ただ否定するだけの幼い自分。

(……奏一郎は、俺とはちがう。夢もあるし、それを果たすために努力もしようとしている。でも俺は、親父の不満ばかり言って、結局はなにもしようとしていない)

自分がいかにつまらない人間なのか、思い知らされているようだった。それ以上奏一郎の話を聞きたくなくて、無言で顔をそらした。

それに気づかない奏一郎は、笑顔を向ける。

「お金貯《た》まったら、外国に旅行してみたい」

「………外国に、旅行……?」

思わず、聞き返した。そしていぶかしげに眉をひそめた。

「奏一郎が?」

奏一郎はうなずく。すると、隼人はいっきに顔を青くして、奏一郎の両肩を摑んだ。

「バカだろ、ムリだ!」

「な、なんで?」

「アンタみたいなボケた奴、ぜったいトラブルに巻き込まれるし、誘拐されてひどい目に遭うだろ!

つーかその前に、道に迷って帰ってこられなくなる……!」

安易に想像できるその悲惨な状況を思い浮かべてしまう。どんな夢かと思ったら、奏一郎には果たせそうにないものだ。意外と頑固な奏一郎をどうやって説得しようかと、必死に奏一郎へ言いつのった。

「お、俺、そんなにボケてないよ」

「いや、ボケてる。理解してないだろうけど、アンタはぜったい国内旅行もひとりじゃ行けないと俺は確信している。もっとちがうことに……」

「じゃあ、隼人も行こうよ」

両肩を摑まれたままの奏一郎は、隼人を見上げて視線を合わせた。

「……え？」

思ってもいなかったことを言われ、奏一郎を見つめて息を飲んだ。すると、奏一郎は穏やかな笑顔を浮かべる。

「俺、隼人が言うほどボケてはないけど、方向音痴なんだよ。それに、一緒に旅行に行けたら楽しいだろうなって、勝手に俺の夢に隼人を巻き込んでいるんだ」

きっと奏一郎にとってその言葉は、なにげない気持ちでつむいだものなのだろう。しかし、隼人にとってはそうではなかった。

「……いいのかよ、俺と一緒で……」

「うん。そのためにも、いっぱいお金稼がなくちゃだね。何年経ったら行けるかなー……」

隼人に肩を摑まれたままうつむいて、奏一郎は旅行にかかる費用を考えて、指を折って数えている。

想像しただけで、それは幸せなことだった。嬉しかった。

旅行に誘ってくれたことだけじゃない。将来の夢に、自分を入れてくれたことが。つまらない人間である自分を大切にしてくれて、まっすぐ見てくれる奏一郎のことが――。

「……奏一郎、俺……」

どうして、奏一郎と過ごす時間がこれほどにまで、自分にとって大切な時間になったのか。同性には抱くはずのない感情だと知っていたのに、本当は前から気づきはじめていたのに。自覚したとたんに止まらなくなる。

好きだ。奏一郎のことが。どうしようもなく。

高鳴る心臓の音が、うるさい。息苦しくてたまらなくて、それはダメだとわかっているのに、体も心も、おさまらなかった。

気づいたときには、奏一郎の華奢な体を抱きしめていた。

「………っ」

温かい体温が伝わってきて、きっと自分の心臓の鼓動も伝わっているだろうと思った。それでも、判断力が鈍っていた隼人は、急に理解できた自分の気持ちを抑えきれず、強く奏一郎を抱きしめた。

(なにしてんだ、奏一郎に引かれたらどうすんだよ……!)

冷静に考える自分がいるのに、体は動かない。男に抱きしめられて奏一郎が引いてしまったら、嫌われたら怖いと思っているのに。溢れた感情を止められない。

「……隼人？」

奏一郎が困ったように小声で呼んだ。耳を掠《かす》める声がくすぐったくて、顔を上げた。近くに奏一郎の顔があって、視線が合う。

暗闇の川岸で、反射された光が奏一郎の表情を照らした。

いつものぼんやりとした目とはちがう、戸惑っているような瞳。先ほどまで楽しそうに夢を語っていたはずの奏一郎の瞳には、薄く涙が浮かんでいる。

「ど、どうしたの？」

隼人の問いかけに、あわててその涙を片腕で拭った奏一郎は、こちらを見上げてきた。どうして泣きそうだったんだ——それを問えるほど、当時の隼人には余裕がなかった。

どくん、どくんと熱い血が全身を巡り、心臓が痛いほどに高鳴る。奏一郎は、なにも言わない隼人を不思議そうに見つめた。

耳にかかる髪、薄く開いた唇、少し赤くなった目尻——無防備で、このまま両腕で抱きつぶしてしまえそうなほど、非力な奏一郎。

そのまま、奏一郎から両腕を離してしまえればよかったんだ。

「――わ……ち……、澤口！」

どうやらパソコンのキーボードに触れたまま、止まっていたようだ。突然上司の声が聞こえて、隼人はハッとして顔を上げる。

「すみません、どうしました？」

すぐに席から立ち上がり、自分を呼んだ上司のほうに顔を向ける。すると、上司は心配そうに首をかしげた。

「どうした、最近元気ないな？」

「や……大丈夫ですよ」

いつものように愛想笑いを浮かべた。

奏一郎と会わないことを決めてから一週間は経ったというのに、まだ心臓が痛い。それでも昔とはちがい、自分を隠す皮を被《かぶ》るくらいの余裕は、残っているようだ。

「お前に電話だぞ。えーと、どこの会社だったか……トシマさんって名乗ってるんだけど」

「……トシマ……？」

その名前を聞いて、隼人はぴくりと眉を寄せた。兎嶋だ。職場に電話をかけてくるなと言っているのに、時折こうして職場に取引相手のふりをして電話をかけてくることがある。そういうときは、大抵自分の話を聞かせたいときだった。普段、隼人は兎嶋を避けようと話を聞かないまま追い返しているため、こういう手段を使ってくるのだ。

しかし、それを上司に気づかれたくない隼人は、笑顔を向けた。

「ありがとうございます。今出ますね」

「おー、応対よろしくな」

上司が電話の転送ボタンを押したようで、隼人のデスクの上の電話が鳴る。それを取って、受話器に向かって丁寧な口調で話した。

「……お待たせして申し訳ございません、澤口です」

『あ! 隼人さん、すみませんね。会社に電話しちゃって～』

「……ご用件はなんでしょうか？」

聞こえてきた大きな声に、思わず受話器から少し耳を離した。感情的になってはだめだと自分に繰り返し言い聞かせると、兎嶋は楽しそうに話を続ける。

『こないだ行った「ガラスの靴」どうだったかなって、気になっちゃいまして。スマホに電話しても、隼人さん出てくれないから』

そういえば、兎嶋の電話をずっと無視していたことを思い出す。それだけを言うために会社へ電話したのかと、笑顔を凍りつかせる。

「………こちらこそよいお店に連れていっていただけて、本当有意義でした。兎嶋サンも、ずいぶんお楽しみだったようで。お支払いのほう、あとで請求させていただきますね」

本当は、あんなところに連れていきやがってこのヘンタイクズ野郎と罵ってやりたいところだが、そうはいかない。ここでそんなことを言ってしまえば、周りにいる何も知らない社員に聞かれてしまう。いやみを言って、隼人は穏やかな応対を続ける。

隼人の心の声に気づかない兎嶋は、楽しげに先日の夜のことを語り出した。

『そうそう、楽しかったですよー！　あそこはけっこう、業界では有名なクラブなんですよお。僕もひさびさに、可愛い子と楽しめたし』

「……そうですか、それはよかったですね。あとできっちり、返していただきますからね？」

棒読みでいやみを返すが、兎嶋は構わず話し続ける。本当は兎嶋の分まで払わされたことを忘れていたが、兎嶋のせいで奏一郎と再会し、悩まされることになったのを思い出して、しつこく支払いについて言い返した。ぜったいに倍額支払わせてやると、心の中で誓う。

『なかなかいい子ばかり揃っていたでしょう？　ところで隼人さんは、だれを指名したんです？』

だれを、と言われ、とっさに奏一郎の顔が浮かぶ。それを打ち消すように、話題を変えた。早く話を進めて、本題を聞き出しこの不毛な会話を終わらせたい。

「……それより、先日はいつ帰ったんです？」

『え？　帰ったというか……奥のほうにいましたよ』

「はい？　姿が見えませんでしたけど」

『そりゃあ、ほら……個室にいましたから』

個室と聞いて、『ガラスの靴』の店内を思い出す。薄暗くて広いホールに、ゆっくり楽しめるよう配慮されたテーブルの配置。奥のバーカウンターと店の出入り口、おそらく店員だけが利用すると思われる扉。個室は見当たらなかった気がする。

『じゃあ隼人さん、指名しなかったんですか？　せっかくお店紹介してあげたのに、もったいないなー』

「？　指名はしましたけど……」

兎嶋の話の意味が理解できない。奏一郎を指名して一緒にお酒を飲んだが、あれは指名に入らないのだろうか。

『あははっ！　ごめんなさい、隼人さんはあの店、初めてでしたもんねえ。教えてあげればよかったですね』

兎嶋の笑い声に苛立ちを感じたが、それを抑え込む。周囲でパソコン作業をしている同僚や、打ち合わせをしている上司を横目で見て、片手で口を覆い小声で兎嶋に聞いた。

「……なんなんだ、早く本題を言え。なにか用事があるんだろ」

『あ、そうでした。実は、忠告しなきゃならないことがありまして』

忠告という言葉に表情を変える。なんだよと聞く前に、兎嶋は楽しそうな声で話した。

『隼人さん、あのあとも「ガラスの靴」によく行ってらっしゃるってお店の子に聞きましたよー』

ぎくりと、肩に力が入る。それがなんだというのだろう。受話器を持つ手にも力が入り、腕が震えた。

『気に入っていただけて嬉しいんですが、気をつけてくださいねえ。……あそこ、あなたの大嫌いな方のお店ですよ？』

とたんに隼人は表情を強張らせて、目を見開いた。

「お前、まさか謀りやがったな……ッ」

兎嶋の言葉にカッとなって、隼人は声を荒げる。ここが職場だということを思い出し、すぐに周りを見た。どうやら聞こえなかったようで、同僚たちは隼人のほうを見ずに仕事を続けている。

それでも兎嶋は、隼人の声におどろくこともなく楽しげに会話を続けた。

『あは、怖いですよ隼人さん』

「……挑発には乗らない。忠告も必要なかったな。あの店にはもう行かない」

『え。カナさんが気に入ったから、行ってたんじゃないんですか？』

どうやら、奏一郎を指名したことも調べていたらしい。はあ、とため息をつき、なんの気なしにデスクの上に転がっていたペンを取り、トントンとデスクを叩《たた》く。

「言っておくが、あいつは昔の知り合いだから声をかけただけだ。なにも関係ない。用件は終わったな。切るぞ……」

『そうですか。昔の知り合い程度なら、もうひとつの忠告はいらないですよねぇ』

電話を切ろうとしたが、兎嶋の最後の言葉が気になった。もう一度受話器を持ち直す。

「……もうひとつの忠告……？」

聞き返すと、兎嶋は隼人が興味を持つことを予想していたかのように、楽しげに語り出した。

『……ちょっと、気になる話を聞きましてね？』

兎嶋の言葉を聞いて、隼人は持っていたペンをデスクに落とした。


タクシーを降りて足早に店の入り口へ向かうと、予想していた通り、店の前に見覚えのある姿があった。

「あれ？　ぼっちゃん、奇遇ですねぇ」

いつもの派手なスーツを着て、壁にもたれかかって腕組みをしていた兎嶋は、隼人の姿を見つけると、両腕を下ろしてにこりと笑った。暗い道でも、兎嶋の明るい金髪は目立っていて、すぐにわかる。

それを横目に見て入り口に向かう。

「……奇遇じゃないだろ。それに、その呼び方やめろ」

「あ、すみません。つい嬉しくて」

にこにこと笑いながら、兎嶋は隼人について店内に入ろうとした。立ち止まり、兎嶋のほうを振り返る。

「ついてくるな」

冷たい声で、兎嶋を牽制《けんせい》した。めずらしく隼人の言葉に従い、兎嶋は立ち止まる。そして、笑顔を崩さないままつぶやいた。

「隼人さん。僕はそのほうがいいんですが……今の生活を捨てたくなければ、くれぐれも言動には気をつけてくださいね」

兎嶋の言葉には応えず、踵を返して店のドアを開いた。

「……あれ？　また来たんですね、澤口さん」

エレベーターで降りて店内に足を踏み入れると、客待ちをしていた店員が目を輝かせて隼人に近づいてきた。若くて爽やかな風貌をしている客は、こういった店ではめずらしい。その上、人気のない新人の奏一郎をわざわざ指名する変わった客だと、隼人は店員に噂されているようだった。

「こういう店好きなんですね。爽やかっぽいのに、ほんと意外」

楽しそうに笑いながら、店員は隼人の腕を引いて、席へ案内しようとする。いつもなら適当にあしらうところだが、今日は内心それどころではなかった。店員に腕を引かれつつ、店内を見回す。

「ああ、そうですね……それより、奏い……カナは？」

話の内容を聞いていなかった隼人は、店員の会話を適当に流した。そして奏一郎を探すため、その源氏名を口にしたとたん、店員は不機嫌そうに表情を曇らせた。

「ご指名はカナですね、わかりました。今呼んで……あ」

店員が奏一郎を探そうと隼人の腕から離れると、なにかに気づいたように止まった。その視線の先を見やると、あいかわらず似合わない高級なスーツに身を包んだ奏一郎が、グラスを持って立ち止まっている姿が視界に入った。

気づいた瞬間、奏一郎と目が合う。ぼんやりとした表情をしていたが、すぐにハッとして、奏一郎は視線をそらした。

「澤口さん、カナをご指名だって。グラスは僕がやるからご案内して」

店員は奏一郎に近づき、持っていたグラスをパッと取って、そのまま店の奥に行った。店員を見送って、奏一郎はようやく隼人のほうを見る。少し動揺したような表情をしていたが、それに気づかないまま隼人は奏一郎に声をかけた。

「……ひさしぶりだな」

こくりとうなずく奏一郎を見て、兎嶋の言葉が脳裏に浮かぶ。それを取り払うように、ぎゅっと拳に力を込めた。

『――あの店、実はね。そういう店なんですよ。表向きは一見さんお断りの高級ホストクラブですけど、お得意さんに紹介してもらって、高いお金払って登録すれば気に入った子と……ね。……どうやらカナさん、「鮫谷《さめたに》」に指名されているようですよ？』

もう奏一郎には会わないと決めた気持ちは、すぐに揺らいだ。心がざわついて、足は『ガラスの靴』へ自然と向かっていた。

――確かめたかった。奏一郎は変わっていない、と。

似合わないスーツを着て、慣れない革靴を履いていても、それでも昔の奏一郎と変わりない笑顔で、あのときの夢をまた語ってくれると。

席まで案内すると、奏一郎はなにも言わずにグラスに水を注ぐ。奏一郎を見ることができずにそのグラスを見つめて、ぽつりと言葉を発した。

「……いつから、ここで働いてるんだ？」

　どうして、いつから、なんで。聞きたいこと、知りたいことはたくさんあった。それでも、それを奏一郎に教えてもらえる義理はない。奏一郎からすれば、隼人とはそれだけの関係だろうと、自覚していた。

　だからこそ、今まで聞くことをしなかった。奏一郎がはぐらかしたら、口ごもってしまったらもう自分は立ち直れないだろうと、ただ怖かっただけかもしれない。

「……え？」

　まさか、とつぜん聞かれるとは奏一郎も思っていなかったようだ。ぱっと顔を上げて、隼人を見上げる。

「……二ヶ月前くらいかな」

　意外にも、奏一郎はあっさりと答えた。ごまかす様子もなく自分に教えてくれたことに少しだけほっとしたものの、安心はできなかった。

　どうしても、否定してほしいことがある。奏一郎から視線をそらしたまま、もうひとつ質問をした。

「……そういう客に指名、されたことあるのか？」

　隼人には関係ないことだと言われてもしかたない質問だった。ただの友人にこんなことを聞かれて、いやな思いをするかもしれない。

　それでも、確かめたかった。自分の知らない奏一郎ではない、昔のまま変わらずにいてくれていると、押しつけがましい希望が隼人の言葉を誘導した。

「そういう……？　………！」

さすがに奏一郎も隼人の言葉の意味に勘づいたようで、息を飲んだ。

なにも言わなくなった奏一郎に焦り、自分勝手だと思いながらも苛立ちをぶつけてしまう。

「……だから、客とやったことあるのかって聞いてんだよ」

最低な言葉を言い放った。それを否定してほしかった。あるわけない、そんなことできないよと、あわてて答えてくれる奏一郎の姿しか想像ができなかった。

「……あるよ」

ぽつりと、それでもはっきりと。奏一郎は答えた。顔を上げて奏一郎を見る。奏一郎は、自分が注いだグラスを両手で持ちながら、いつもの顔でそれを見つめていた。

ようやく顔を上げると、奏一郎は苦笑いをした。

「……なんだ、隼人、知ってたんだ。……気持ち悪いでしょ、ごめんね」

あっさりと、なんでもないように語られた事実に、呆然《ぼうぜん》と奏一郎を見つめた。

奏一郎がすでに、だれかに抱かれたことがあるという事実を受け止められなかった。でもそんなことは、奏一郎にすればただの友人である隼人には、関係のないことだ。

関係ないことだと、わかっているのに。

「……なんで、」

口が勝手に動いた。

「なんで、ここで働いてるんだよ……？」

「……！」

びくりと肩を震わせて、奏一郎は表情を曇らせた。

「それは……」

手にしていたグラスから、水滴が落ちる。奏一郎は両手を水滴で濡らしたまま、固まったようになにも話さなくなった。教えたくないようだった。

「……そうだよな。俺には、関係ないもんな」

自嘲気味に笑って、テーブルに並べられたボトルに手を伸ばした。

「……！　それ、強いやつ……」

「知ってるよ、それくらい。俺がなに飲もうと、アンタには関係ないだろ」

吐き捨てるように強い口調で言い放ち、グラスにウイスキーを注ぐ。一気にそれを仰ぐと、苦い味が口内に広がった。

（関係ないなんて、嘘だ。今も俺は……）

ただの友人に、奏一郎が教える義理はないとわかっている。それでも、隼人にとってはそうではなかった。

もう好きじゃないなんて、本心ではない。自分の気持ちを捨てるための呪文だ。

すでにだれかに抱かれたことがあると聞かされ、本当の気持ちも隠されて。動揺しないわけがなかった。

どうしようもなく苦しくて、逃れるように目の前にある酒を再び仰いだ。酒に弱い隼人はすぐにアルコールが回ったようで、ぐらりと視界が歪《ゆが》んだ。

「ちょっ……隼人、もう飲むのやめたほうが……」

奏一郎は心配そうに、隼人の肩を支えた。いつもは酔わないよう、隼人がセーブして飲んでいたことを知っているため、これ以上飲ませまいと隼人が持っていたグラスを奪おうとする。

「……っ！」

グラスを取り上げた腕を、ふいに摑んだ。すると奏一郎が顔を上げて、至近距離で視線が合う。一重の目が見開かれて、動揺したように瞳が揺らいだ。

もう、この瞳も腕も、すでにだれかに――……。

「……指名する」

奏一郎の瞳を見つめて、低い声でつぶやいた。

「え……!?　指名って……あ、あの」

「店員さん、ちょっと」

奏一郎の腕を摑んだまま、近くを歩いていた黒服の店員を見つけ、声をかける。そばに寄ってきた店員に耳打ちをすると、店員は無表情のままに胸ポケットからカードを取り出す。

ヒールの高い靴を模した、澄んだ青色をしたガラス製のアクセサリーがついたカードキー。それを隼人へ差し出すと、店員はにこりと笑った。

「兎嶋様から、以前ご紹介をいただいております。こちらと同じ色の靴で、お楽しみください」

表向きはただのクラブだと兎嶋が話していたことを思い出す。常連客からの紹介でそういったオプションを楽しめるということなのだ。兎嶋はおそらく、隼人がまたこの店に来ることを予想していた。兎嶋の紹介というのが気に入らなかったが、それを利用する方法を選んだ。

こちらと同じ色の靴で――店員の話した隠語の意味がよくわからなかったが、店の奥のほうにある扉を開いたことで、その意味を理解する。
人気のない静かな廊下を少し行くと、ドアがいくつか並んでいる。ドアには、店のイメージでもあるガラスの靴のモチーフが小さく描かれており、それは色で分けられていた。

店員から受け取ったカードキーのアクセサリーと同じ、青色の靴が描かれたドアを見つける。カードキーを挿し込んでロックが外れた音を確認すると、摑んでいた奏一郎の腕を強引に引っ張り、そのドアを開いた。

クイーンサイズの円型のベッドが置かれた広い室内は、薄明かりで照らされている。そういった店だという雰囲気たっぷりで、嫌悪感がつのる。

「あ……あの、隼人……」

引っ張られてここまで連れてこられ、足がもつれながらも奏一郎は隼人と一緒に室内に足を踏み入れる。ようやく立ち止まった隼人に声をかけようとするが、それはすぐに阻止された。

「……！」

ベッドの上に体を押し飛ばされ、奏一郎は受け身を取れずにベッドに俯《うつぶ》せで倒れ込んだ。おどろいて隼人を見上げる奏一郎に向かって、冷たく言い放つ。

「……どうやって客を喜ばせているのか、教えろよ」

見下ろした奏一郎は、表情を変えた。動揺したように視線を泳がせて、なにか言いたげに口を開き、すぐに閉じた。

奏一郎がなにも答えないことに苛ついて、隼人は舌打ちをする。片足をベッドに上げて奏一郎に近づくが、それでもなにも言わずにうつむいたままだ。

「……脱げよ。たいして似合わない格好して、目障りなんだよ」

酔った勢いも手伝って、きつい口調で言い放つ。確かに似合ってはいなかったが、悔しいことに嫌いではなかった。高価なスーツに着られている貧相な体や、緩く締められたネクタイとワイシャツの襟から覗く細い首筋も、隼人を興奮させた。

冷たい言葉を投げつけられても、奏一郎は無言で身動きすらしない。ほかの男には体を好きにさせても、自分には見せることすらいやなのか――カッとなって、奏一郎の肩を摑んで自分のほうへ体を向けさせた。

「…………っ」

見下ろした瞳は、いつものものではなかった。うっすらと目尻に涙を溜め、唇を薄く開いて、怯えたように少しだけ震える肩――十年前、最後に会ったあの夜のことが、押し寄せるようによみがえる。

暗く、人通りもない川岸の道の草むらに奏一郎を乱暴に押し倒して、チェック柄のマフラーを引き抜いた。制服のボタンは外れたままで、細い首筋が覗く。その首筋を指で撫《な》でると、奏一郎が体を震わせた。衝動の赴くままに制服の襟を摑んで引くと、ボタンがまた取れて暗い茂みに転がる。奏一郎が息を飲む音が伝わってきたけれど、それは自分の心臓の音にかき消された。

早く、奏一郎に触れたい。この体を自分のものにしたい。汗が滲《にじ》む細い首筋に軽く甘噛《あまが》みをして、もう一度、今度は跡が残るように嚙んだ。自分のものだという、証明のように。

「……ん……っ」

悲痛な声が耳に届いて、奏一郎の両肩を摑んでいた手が強張った。ようやく我に返り、体を起こして奏一郎から離れる。とたんに奏一郎は縮こまり、隼人が嚙んだ首筋に手を当てる。そして、おそるおそる隼人を見上げた。

顔を赤くして目尻に涙を浮かべた奏一郎の瞳に、自分の姿が映り込んでいた。獣のように獰猛《どうもう》な、鋭い眼光。憎んでいた父親と同じ、どくどくと流れる獣の血筋——。

「…………っ」

十年前、衝動の赴くままに奏一郎にした行為がフラッシュバックして、隼人は息を呑んだ。背筋が凍る感覚がして、奏一郎から顔をそらす。落ち着け、抑えろ——何度も同じ言葉を繰り返して、十年前のあの夜から隠し続けてきた自分の衝動性を、抑え込もうとした。

「……った……」

口元を押さえて荒い呼吸を整えようとしていると、奏一郎が小声でなにかを話した。それを聞き出す余裕もなく、隼人は少しだけ体を起こして、奏一郎から離れる。

「……わかった」

ぽつりと、か細い声で奏一郎がもう一度つぶやいた。とっさに見下ろすと、奏一郎が押し倒された状態のまま頬を赤くしている。首筋に一筋の汗が落ち、奏一郎はぐっと唇を噛んで少しだけ起き上がる。そして、着ていたスーツの上着を静かに脱ぎ捨てる。

先ほど隼人に言われたことを実行しようと、奏一郎は無言で服を脱ぎはじめる。それを唖然《あぜん》として見つめていた隼人は、奏一郎がベルトを外してズボンを脱ごうとしたところで、ようやくその腕を摑んで止めた。

「……っやめろ」

低い声で、必死に奏一郎の行動を止める。奏一郎の腕を摑む自分の手が、震えているのが目に見えてわかる。高校時代に奏一郎を襲ったときの自分が――その衝動性が、理性を押し崩そうとしている。

摑んだ腕から伝わる奏一郎の熱い体温が、心臓の鼓動を速めた。

奏一郎は隼人のその腕に、もう片方の手で触れた。

「……隼人」

名前を呼ばれただけで、ぞくぞくと背筋に衝撃が走る。

いやだ、十年前と同じように衝動的に奏一郎を襲って怖がらせたくない。獣のような衝動性を持ち合わせた、自分の本性と向き合いたくない。頭ではそう考えるのに、奏一郎を押し倒した体勢のまま、隼人は身動きが取れなかった。奏一郎を見ることができずに顔をそらして、荒い呼吸をなんとか整えようと深く息をした。

「………っ……！」

とつぜん奏一郎に抱きつかれて、油断していた隼人は一瞬息を止めてしまう。予想していなかった行動に動揺して、奏一郎の肩を摑んで離そうとした。しかし、奏一郎は力いっぱい隼人に抱きついていて、なかなか離すことができない。

「奏一郎……、なんのつもり……」

奏一郎の肌がシャツ越しに体に触れて、熱い体温が伝わってくる。まずいと思い、力を込めて奏一郎の肩を摑む。その瞬間に体が少しずれて、ふわりと奏一郎の髪が隼人の頬に触れる。シャンプーの香りがする、柔らかい髪。動揺した隼人は支えていた片腕が滑り、ベッドに倒れ込む。思わず奏一郎を片腕で抱き込んで、自分の体の下敷きにしないよう体を起こした。

「ごめん、大丈夫か……？」

奏一郎の首筋を押さえて、顔を覗き込んだ。先ほど、抱きついてきた奏一郎を離そうとして動いたことで、着ていたワイシャツがずり上がり、脇腹が露《あら》わになっている。

みっともないその姿は、隼人の理性を崩すには充分だった。

「っごめん……俺こそ変なことして」

体勢を崩して倒れたことで、奏一郎は自分の強引な行動を省みたらしく、申し訳なさそうに隼人を見上げる。しかし、謝るその言葉は、隼人が奏一郎の片方の手首を掴んでベッドに押しつけたことで消えた。

奏一郎が声を上げる前に、隼人はその首筋に顔を埋める。我慢の限界だった。酒を飲んでいなければ、もしかしたら耐えられたかもしれない。だから酒は嫌いだ。自分の本性を、さらけ出してしまうから。

首筋に唇で触れると、奏一郎は肩を強張らせる。身動きできないようにもう片方の手で奏一郎の襟足を支え、今度は舌で触れた。首筋を舌でゆっくりなぞると、奏一郎は甘い声を漏らす。十年前もそうだった。その甘い声を聞いて、十年前は思いとどまって自分を抑え込んだけれど、今夜はそれができそうにない。声を聞くだけで、体が疼《うず》いた。

何度も首筋を甘噛みして、奏一郎の反応を確かめる。だんだんと震えはじめるところを見ると、首筋が性感帯のようだ。

「……んん……っ」

薄暗い室内で、奏一郎の甘い鳴き声と隼人の荒い呼吸が響く。首筋を甘噛みしながら、奏一郎の襟足から手を離して、肌に触れる。ワイシャツのボタンを外して、露わになった胸の突起に指が触れると奏一郎は肩を震わせた。それを指で軽く摘《つま》むと、性感帯である首筋を噛まれているせいか、抑えきれずに上擦った声で鳴く。

「……はあ……、ん……っ……」

自分の声が恥ずかしくなったようで、奏一郎は自由が利く片手で自分の口を覆った。それでもそこから漏れる声は甘く、隼人を刺激する。抑えが利かず、下着の上から確かめるように奏一郎のそれに触れた。

「…………！」

奏一郎が息を飲んだことが、雰囲気で感じられる。布越しでも、少し勃《た》っていることがわかる。

「あの……はや……っ」

ようやく奏一郎が、戸惑ったように隼人を呼んだ。さんざん触らせておいて、性器に触れることはいやがるというのか。ほかの客には、抱かせたことがあるのに。

体を少し起こして、見下ろす。顔を真っ赤にして少し息が上がっている奏一郎と、目が合う。見たこともない乱れた姿に、ぞくぞくと体が震えた。

「……いやなのか」

隼人がそう聞くと、少しだけ目を開いてすぐに視線をそらす。唇を噛んで、真っ赤にして顔を横に振った。しかし、いやじゃないと意思表示したはずなのに、奏一郎は怯えたように肩を強張らせている。それでも隼人を拒もうとせず、体をベッドに預けたままだった。

奏一郎の真意がわからない。やめたほうが、いいんじゃないか――そう思えるほどの余裕は、隼人にはなかった。

もう一度、今度は脱ぎかけたズボンを引き下ろして、下着の中に手を挿し入れる。太腿《ふともも》に触れると、ビクビクと奏一郎は体を強張らせる。下着をずらして、熱く勃ち上がったそれに指を這《は》わせた。

「…………！」

奏一郎は息を飲んで、シーツを摑んだ。男のそれに触るのは初めてだったが、嫌悪感はなかった。むしろ、とたんに大きく反応する奏一郎が可愛くて、もっと触りたくなる。ゆるゆると手で擦《こす》ると、奏一郎は声を上げた。

「ひ……ぅっ……き、汚いから……っ」

隼人の体を両手で押して、愛撫《あいぶ》をやめさせようとする。まるで初めて触られたかのような反応だ。

「……さっき、いやじゃないって言ったろ」

「……！　そ、それ……は……んくっ……」

少し強めに握ると、体をそらして与えられる快楽に耐えようとする。親指で先のほうを強めに擦り、次には音が響くほどそれを強く擦った。薄暗い室内に淫猥《いんわい》な音が響き渡り、奏一郎はより一層羞恥心を強めた様子で、耳まで赤くなる。

「んん……ふぁ……っ……」

隼人が見ていることに気づいた奏一郎は、耐えられなくなったようで体を横に傾けて隼人を見ないようにしている。それでも強く抵抗せず、隼人の手を受け入れている。そんな奏一郎の一挙一動が可愛くてたまらなくて、抑えが利かない。さらに体が熱くなって、身を起こして着ていたシャツを脱ぎ捨てた。それを横目で見ていた奏一郎が、ぎゅっと目をつぶった。

「……わっ……!?」

奏一郎をうしろから抱き上げるようにして体を起こさせると、おどろいた奏一郎が声を上げる。そのまま四つん這いにさせて下着を足下まで一気に下ろすと、奏一郎はあわてて体を縮こまらせて隠そうとした。

「あ……っ……まっ待って……はや、と……っ」

顔を近づけ、うしろから首を甘嚙みして、その痕を舌でなぞる。呼吸が荒くなり、奏一郎は力が抜けてベッドにへたり込む。しかし、隼人はそれを許さず、奏一郎の体を抱き込むようにして起こさせた。そして、隼人はベッドの横にある棚に手をかけて、目的のものをそこから取り出す。

「……もう、ここも使ったことあるんだろ……？」

「え……、……！」

取り出したローションのふたを開けて、四つん這いのままの奏一郎に覆い被さる。そして、奏一郎のそこにローションを出した。冷たい感触におどろいたのか、彼は体をそらしてしまう。

「あ……ぁ……ッ」

倒れ込んだ奏一郎の体を片手で抱いて、ローションで濡らされた窄《すぼ》まりに指を滑らせる。固く閉ざされたそこはひくひくと震え、指の侵入を拒むように締めつける。ローションのぬめりを利用して奥深くまで指を侵入させ、少し動かした。

「や、…………ん……っ……」

押し寄せる快楽を、唇を嚙んで耐えているようだった。唇を怪我《けが》しないよう奏一郎の顎を引いて、代わりに自分の指を嚙むよう口に含ませる。

「んん……っ……ふ……」

涙目の奏一郎は大人しく従い、それでも隼人の指を嚙まないように、力を抜いて耐えていた。

指を動かして窄まりを少しずつ広げ、さらに指を二本入れる。ぐちゅぐちゅといった卑猥な音を立てて挿入を続けていると、そこは徐々に柔らかくなっていく。

深く息をついて、指をゆっくりと引き抜いた。抜ける間際に内壁を擦られて感じるのか、奏一郎はびくびくと体を震わせている。口に咥《くわ》えさせていた指も離させ、ぐったりしている奏一郎の腕を引いて、仰向《あおむ》けにさせた。

指を挿入した際に何度か前立腺に触れてイったのか、奏一郎自身は白濁色のもので濡れている。顔を真っ赤にして目を閉じ、ベッドに体を預けて荒い呼吸を整えている。

「……はあっ……」

奏一郎を見下ろして両手をベッドについたまま、深くため息をつく。理性は、とっくに崩壊している。十年も昔に欲情を抱いた相手の体を未だに自分の体は覚えていて、苦しいほどに昂《たかぶ》っていた。

隼人が無言で奏一郎の片足を上げさせ腰を浮かせると、奏一郎は目を開いた。

「っ……？」

これからなにをするのか勘づいたようで、それでも抵抗しようとはせずただ肩を震わせている。目の前で無防備に開かれた体。どくどくと、心臓の鼓動が高まる。

この熱い肌に触れたい、嚙みつきたい。犯したい——。

「…………！」

でもそれは、本当に自分が望んでいることなのだろうか。

衝動性に身を任せて、奏一郎を抱いてしまいたかった。そうしたほうが楽だったし、体は満足するだろう。しかし、怯えて自分の本当の意思も伝えないまま、従おうとする奏一郎を抱くことが、本当に十年間自分が望んできたことなのだろうか。

汗が頬を伝う。心臓の鼓動は痛いほどに高鳴って、静まらない。こぼれそうなほどに昂った衝動性を抑えつけるように、奏一郎の体を両腕で抱きしめた。されるがままに隼人に抱きしめられた奏一郎が、かすれた声で不思議そうに隼人へ声をかける。

「……隼人？」

冷静さを取り戻そうと、何度か息を吐く。そして、奏一郎の耳元で小さくつぶやいた。

「……お前、嘘ついてるだろ」

「……！」

違和感は確かに最初からあって、それに気づいていたというのに、自分を止められなかった。一線を超えそうになる自分を抑えて、隼人は奏一郎を抱きしめたまま返事を待つ。

どうしても、奏一郎がだれかに抱かれた経験があるようには思えなかった。

「……ご、ごめん……」

奏一郎はかすれた声で、ようやく答えた。

その謝罪が、嘘をついていたことに対することだとわかった隼人は、大きなため息をつく。安堵と、それに気づかず衝動に身を任せて奏一郎を犯しそうになった自分への戒めと、複数の感情が込められたため息。

起き上がる気にもなれず、奏一郎を抱きしめた状態で脱力した。すると、奏一郎は大人しく隼人に抱きしめられたまま、ぽつりと話した。

「……当たり前だけど、指名されたことはないよ……。ここで働いているのだって……恥ずかしいことだけど、お金返しきれなくてとか、そういう理由で……」

平凡な外見でゲイでもなく、こういった場での会話が苦手と思われる奏一郎にとって、お酒を注いで客を楽しませるといった仕事は苦手なものでしかないだろう。

でも、奏一郎が借金をしていることは、釈然としなかった。そういうことをするようなタイプでもない。その借金の理由を聞き出す前に、奏一郎が話を続けた。

「隼人が一週間近く来なくなったときに、『つまらない』って思われたんじゃないかって、子どもみたいなこと考えてしまったんだ。だから…………あんなヘンな嘘、ついてしまって……」

奏一郎なりに、隼人と再会してからいろいろと考えていたのだろう。言葉を選んでいるように慎重に、奏一郎は隼人に伝えた。

「……なんで」

「え？」

十年前のあの日、怯えられて嫌われたはずだ。それなのにどうして、嘘までついて自分を引き留めようとしたのだろうか。それがわからなくて、隼人はようやく口を開いて低い声で聞いた。

すると、奏一郎は言いよどんだあと、小さくつぶやく。

「……嫌われたくなかった」

思いもしなかった答えに、奏一郎を抱きしめたまま固まる。嫌われたのは、自分のほうだと思っていた。あんなことをして、怯えさせてしまったのだから。

「ずっと心残りだったんだ。十年前、俺が勝手なことを言って隼人を怒らせてしまって……つき飛ばされるまで、気づきもしなかったなんて」

戸惑いながら、十年前のことについて奏一郎は語る。

互いが幼かったばかりに言葉が足りず、勝手に思い込んで終わりにしてしまったこと。奏一郎はどうやら隼人に押し倒されたことを、『隼人を怒らせてしまった』と思い込んでいるようだった。

「こうして、前みたいに話してくれるのが嬉しくて……だから、嫌われて終わりにしたくなかった。高校時代みたいに、友達に戻りたくて……」

耳元で話すその声は、少しだけ震えている。隼人に嫌われるんじゃないか、そんなことを気にして嘘までついて、奏一郎は隼人の反応を確かめるように一つひとつ気持ちを言葉にした。ただ嫌われたくなくて、以前と同じ関係に戻りたくて——きっと奏一郎は、そういう気持ちでいるのだろう。

ただ、隼人はちがった。もう以前と同じ関係に戻ることは、どうやったってできない。

「……ちがう、奏一郎。俺はあのとき——」

テーブルに置かれた電話のコール音が、室内に鳴り響く。隼人はハッとして、奏一郎から体を離した。

　それは、終了を知らせるコールだ。

「………っ」

　コール音を聞きながら、奏一郎を見下ろした。薄暗い室内でも、奏一郎の表情がよく見える。少し泣きそうな顔で、ありがとうと奏一郎がつぶやいた言葉に、どんな意味があったのだろう。

　そういえば十年前もそうだった。夢を楽しそうに語るはずの奏一郎は、少しだけ泣いていた。幼い自分は、自分のことで精一杯で、その理由を理解しようとはしなかった。

　奏一郎は隼人を退《ど》かせて起き上がると、ベッドに腰掛けて電話を取る。うなずきながら電話の相手から告げられる言葉を聞いていた奏一郎は、とつぜん動揺したように声を上げた。

「……えっ……次の指名？」

　指名と聞き、隼人は顔を上げた。そういえば、兎嶋が言っていた。最近、奏一郎が『鮫谷』に指名されていると。

「奏一郎」

　名前を呼ぶと、奏一郎が受話器を耳に当てたまま振り向き、電話口に手を添える。奏一郎から声をかけられる前に、眉をひそめつつ聞いた。

「……指名って、だれからだ？」

「え、あの……」

「だれなんだ」

強い口調になると、奏一郎は視線を泳がせた。そして、その名前を口にする。

「鮫谷さんって人で……いつも指名してくれて、一緒にお酒飲むだけ……。なにかの間違いだよ」

苦笑いしながら、奏一郎は否定した。自分が指名されるわけがない、そんな甘い考えでいるのだろう。

電話口から声が聞こえて、奏一郎はあわてて電話に出る。どう対応したらいいのかわからない様子で、店員の話を聞いている。

奏一郎には、拒否権はない。

「……あっ！」

隼人が奏一郎の手ごと電話を引っ張って、代わりに電話に出る。

「すみません。延長をお願いしたいんですが」

『……お楽しみのところ、申し訳ございません。本日は時間を延長することが難しい状況でして……。次回、よろしくお願い致します』

とつぜん電話に出た隼人に、店員はおどろいた様子もなく丁寧に答える。次の客に取られたくなくて、延長を希望してきたいつもの客と捉えられたのだろう。

しかし、隼人も引き下がらなかった。延長を断られることは予想できていた。奏一郎を指名している『鮫谷』には、そうさせる力があることを知っているからだ。

「どのような理由ですか？　……次に指名されているお客さんのこと、断ることができないからですか？」

「………………！」

隼人の言葉に、店員が黙ってしまう。少しの沈黙のあと、店員はとたんに低い声になって隼人に告げる。

『申し訳ございませんが、今すぐ退店していただきます』

ガチャンと電話が切れ、隼人も受話器を持つ奏一郎の手を離した。おそらく、隼人を店から追い出すため、用心棒を連れてすぐにここへ店員が来るはずだ。脱いだワイシャツを着て、スーツのパンツにベルトを通した。

「隼人、ここから逃げたほうがいいんじゃ……」

電話の内容はあまり聞こえなかったものの、隼人の様子からなにかを察したらしい奏一郎は、受話器を持ったまま動揺している。裸のままの奏一郎の肩に、隼人は自分のスーツの上着をかけた。

「……奏一郎。俺はもう、前と同じには戻りたくない」

ベッドに膝をついて、奏一郎と目線を合わせた。一言告げると、奏一郎は言葉を失い押しだまる。

もう以前のような関係には戻れない。十年も経って立場も生活環境も変わったのに、どうしても変われない気持ちがあった。見ないようにしていたけれど、再会してそれは確信に変わった。

「奏一郎が好きだ」

十年も長いあいだ言えなかった、単純な言葉。大人になったからなのか――ようやく向き合う覚悟をしたからなのか。すんなりとそれを伝えて、隼人は少しだけ優しく笑った。

おどろいて隼人を見つめる奏一郎の頬を撫でて、ベッドから降りる。そして、近くのソファへ投げ置いたままのカバンを手に取った。

中からスマートフォンを取り出して、着信履歴から兎嶋の名前を探す。通話をタッチするとすぐ、繋《つな》がった。

「……ああ、そうだ。今すぐ来い」

それだけ告げてスマートフォンの通話を切ると、ドアからノック音が聞こえた。返事をする前に、険しい表情をした店員と、背が高くて体が大きいスーツの男が部屋に入ってくる。予想通り隼人を脅して店から追い出すため、用心棒を連れてきたのだろう。しかし隼人は、動揺することなく店員を見据えた。

「澤口様。お伝えしました通り、お帰りいただきます」

「隼人……！」

店員はそう言って、用心棒の男を見やる。すると、用心棒の男は無言で隼人へ近づいた。隼人が乱暴されると危険を感じた奏一郎が声を上げた。その声と同時に、用心棒が隼人の肩を掴もうとする。が、それを軽く払いのけた。

「彼を、俺が指名する。ほかの指名はすべて断ってください」

店員を見据えたまま、淡々と話した。店員は険しい表情を崩さず、指示を待つ用心棒に首を振る。いったん、隼人の話を聞くことにしたようだ。

「……そのような指名制は取っておりません」

「なにが条件ですか？」

なにかしらの条件があれば、永久的にメンバーを独占できる指名制があるはず。この店であれば、必ず――確信していた隼人は、間髪入れずに店員へ問い質《ただ》す。少しのあいだ無言で隼人と睨み合いをしていた店員が、口を開いた。

「澤口様には、満たすことができない条件です」

――やはり。読みは当たっていた。ここで奏一郎を助けるためには、奏一郎を永久的に指名する方法が一番安全だ。それに、条件を満たす方法はある。しかしそれは、これまで隼人が築き上げてきたものを、捨てなければいけない。拒み続けてきたものと対峙《たいじ》しなければならないことだ。

その覚悟はとうに、できていた。

ぎゅ、と拳を握り、長年忌み続けてきた名を告げる。

「……鷲宮《わしのみや》の血筋だとしても？」

その名を口にした瞬間、店員や用心棒の表情が変わる。隼人のそばに立っていた用心棒が、後ずさりをした。店員は体勢を変えないまま、隼人から少しだけ視線をそらした。その視線に、動揺の色が含まれていることが伝わる。

どうして鷲宮の名に、これほどまで影響があるのか。それは隼人が一番、理解していた。

「澤口様……その名をここで口にすることがどんなことか、わかっていらっしゃるのですか」

店員は動揺しつつも、まだ隼人の話を信じきれない様子だった。隼人に対する疑念の姿勢を崩そうとしない。

「鷲宮っていったら、ここを経営する会社の親会社ですからねえ」

とつぜん、場にそぐわない明るい声が聞こえてきた。いつのまにいたのか、店員の横に兎嶋の姿があった。おどろいた店員が離れると、兎嶋は部屋に入ってきた。用心棒を一睨みし、男と隼人のあいだに立つ。

「と、兎嶋様！　以前、澤口様は『友人』だと……！」

兎嶋が何者か知っている店員は、兎嶋が現れたことで隼人の話を信じたようだ。動揺を露わにして、店員は兎嶋へ懇願するような顔を向ける。

「……どうするんです、隼人さん？」

兎嶋が、最後のチャンスだと言わんばかりに隼人へ話を振る。ここで隼人自身に言わせることで、隼人の真意を確かめる。兎嶋の魂胆は理解していた。

「友人じゃない。鷲宮家の――うちの用心棒だ」

店員の言葉を隼人が否定して、兎嶋の正体を告げる。それを聞いた店員は、固まってしまう。店の用心棒に至っては、青い顔で肩を震わせた。

「じゃあ……あ、あなたは鷲宮の……」

――ずっと否定していたものだった。

今のご時世、極道として名の知れた家庭では、差別されることが多かった。生まれてすぐ、隼人が質の高い教育を受けることができるよう、両親は離婚して母方の澤口の姓を名乗った。母とふたりで暮らし、時折行く屋敷に住む、気性が荒く本能のままに生きる父のことを隼人は嫌いだった。極道が元夫ということで、実家には戻れず周りからはさまざまに噂されて憔悴《しょうすい》していく母を見るたびに、父が憎くなった。

父とはちがう、自分は鷲宮を継ぐ気はない――ずっと目を背けていた鷲宮の血筋。

「鷲宮の長男だ。それなら、文句はないだろう」

ただの人間では、奏一郎を守ることができない。ずっと忌み嫌い続けてきた自分の素性を認めることで奏一郎を守れるなら、なんだって利用する。

隼人が断言すると、店員は用心棒を見やり、下がるよう首を振って指示する。用心棒がすぐに部屋から出ていくと、店員は動揺した表情で頭を深く下げた。

「ご……ご無礼をお許しください」

態度ががらりと変わり、店員は顔を上げようとしない。足が震えていて、なにをされるか怯えているように見える。

「彼を指名する。ほかの客はすべて断ってください。最初から、それが望みです」

「か、かしこまりました……！」

足早に店員が去っていくのを確認して、ベッドに座り込んだままの奏一郎を見下ろす。奏一郎に声をかける前に、兎嶋が満足そうに笑い声を上げた。

「あーあ、やっちゃいましたね。オンナのために鷲宮の名前使って、自分の生活を捨てちゃうなんて、バカなことしちゃいましたねえ」

「うるさい。あっち行ってろ」

どこまでが兎嶋の計算していた流れなのか——結局は、兎嶋が隼人の父親に頼まれていた通り、隼人が鷲宮を名乗ることになった。自分で決意したことだが兎嶋の声が耳障りで、兎嶋を睨んで、手で『出ていけ』と合図した。すると、兎嶋は予想外にすんなりと部屋から出ていった。

部屋から兎嶋が出ていく姿を見送ると、ベッドに座り、奏一郎と視線を合わせずつぶやいた。

「……これで、鮫谷はもう指名してこないから」

奏一郎にすらも、自分の家のことを話したことはない。もしかしたら、怖がられて敬遠されるかもしれない。それもしかたないと思った。奏一郎を守るためなら、自分はどう思われてもいい。

しかし、奏一郎は予想外の反応を示した。

「なんで……？」

うつむいて、しぼり出すような声で奏一郎がつぶやく。

「俺の自業自得なのに……今回のせいで、隼人、今の生活を捨てるって……」

二ヶ月前にこの店へ来たという奏一郎は、未だにこの業界のしくみをそれほど理解していないようだ。しかし、店員とのやり取りや先ほどの兎嶋の言葉で、隼人の生活が大きく変わるきっかけになったことを、感じ取っているようだ。

隼人の素性よりも、隼人に迷惑をかけたことを相当気にしているらしく、奏一郎は隼人の顔を見ることができず固まっていた。

「……奏一郎のためだけじゃない。けりをつけたい、自分のためにも」

父への反抗心で自分が背負うものを中途半端に投げ出し、奏一郎への気持ちも忘れようとしてきた。でももう、逃げるだけではだめだ。自分の身の振り方を考えるためにも、父や自分と向き合いたい。

そらしていた視線を奏一郎に向けると、奏一郎も同時に顔を上げた。薄暗い部屋で、隼人を見る奏一郎は、いつものぼんやりとした表情ではなかった。戸惑いつつも、まっすぐに見つめてくるその瞳に、隼人の表情が映った。

それは獣の血筋にあらがう決意をした、強い意志を持った瞳だった。

一方、部屋の外でドアにもたれかかりながら両腕を組み、静かにふたりの会話を聞いていた兎嶋は、いつもとはちがう冷たい表情で微笑んだ。

「――……おかえりなさい、ぼっちゃん」

4.

乱暴なことが日常茶飯事のこの界隈で、『鷲宮』は大きな影響力を持つ企業だった。

企業というのは表の看板で、本来はただの乱暴者の集まりだ。いわゆる極道に分類される古めかしい風習が遺《のこ》されたグループで、上下関係がものを言う。『鷲宮』は祖父の代から組織された企業だったが、天才と称される隼人の父がここまで『鷲宮』を大きくしてきた。

迎えの車を降りて、スーツ姿の隼人はひさしぶりに屋敷の前に立つ。太い柱で造られた大きな門に、用心棒らしき屈強な男が二名、立ち並んでいる。隼人のことを早くも聞いていたようで、すぐに深々と礼をする。

以前はこの大きな門ではなく、屋敷の小さな裏口から母とともに出入りしていた。高校卒業と同時に母が病死し、それを機にこの屋敷を訪れることや父からの援助を拒否し、関わりを一切断ってきた。

その父と十年ぶりに顔を合わせる——緊張感に、少し背筋がぞくりと震えた。

「それで、腹を刺されていたことを見事に隠して、ボスは鴨田《かもだ》の親父と渡り合って喧嘩に圧勝したんですよ。俺はあれを見て鳥肌が立ちましたね！　あれを見せられたら、鷲宮に命賭けるって決意するしかないですよ！」

隼人が乗っていた車の助手席から降りて、いつものように派手なスーツと金髪、眼鏡の兎嶋は嬉々《きき》として語った。隼人のカバンを手に持ち、隼人のあとを追いかけてしつこく父の武勇伝を語る兎嶋に、げんなりしたように肩を落とす。

「……いや、なんで話し合いに行って喧嘩してんだよ」

同じような父の武勇伝を車内でも聞かされていた隼人は、ずっと無視していた。しかし耐えきれず、兎嶋の話に返してしまう。すると、兎嶋は隼人のうしろをついて歩きつつ、目を輝かせて声を大きくした。

「ただの話し合いでけりをつけるなんて、カタギの考えることですよ。だからぼっちゃんもきっぱり仕事辞めて、ここに来たんですよねぇ」

中途半端な気持ちで一般の仕事を続けたとしても、鷲宮を名乗ったということで、会社にも迷惑をかけることを容易に予想できた。父は、手段を考えるような人間ではない。隼人が鷲宮を名乗ったと知れば、すぐにでも行動に出るだろう。

会社へ退職願を提出し、上司や同僚から惜しまれつつも職場をあとにした。そして今日、父と『話し合い』をするために鷲宮の屋敷を訪れた。

「俺は兎嶋の言う『話し合い』をする気はない。普通の話し合いをしに来た」

門の中に足を踏み入れて、足早に鷲宮家の屋敷へ入っていく。それをうしろから見ながら、兎嶋は笑った。

「……ボスが普通の話し合いになんて、応じるわけないのになあ」


昔、母と来ていたときには案内されることのなかった、部下や使用人が多く通る廊下の奥にある座敷。その広い和室に案内され、使用人が襖《ふすま》を開けると室内に父がいた。十年も会っていなかったため、白髪交じりの黒髪やしわをたくわえた顔は老いているものの、どっしりとした体格に、高価な着物を着流した筋肉のついた四肢は、年齢を疑うほどに雄々しさが衰えていない。

「……早く入れ」

ぎろりと睨まれ、威圧感で一瞬怯《ひる》んでしまう。しかしここで気圧《けお》されてしまっては、のちのち対等な話ができなくなる。怯んだ様子を見せずに、兎嶋へ視線を送り部屋の外で待つよう促し、自分だけ室内に足を踏み入れた。

部下からの報告書だろうか。机の上に置かれた書類に目を通しつつ、胡坐《あぐら》をかいて座る父から少し離れた位置まで近づき、しずかに正座で座った。視線をそらさず、父から話しはじめるのを待つ。

「……ようやく、『鷲宮』を継ぐ決意をしたと聞いたぞ」

まるで賭けに勝ったと言わんばかりの誇らしげな笑顔で、父は鼻を鳴らした。腹を立てたら負けだと自分に言い聞かせつつ、姿勢を崩さず父を見据える。

「そうですね。継ぐことは、決めました」

含みのある言い方をすると、父が眉間にしわを寄せる。持っていた報告書を机に置くと、机に片肘をついて隼人をまじまじと見た。

「なにか、言いてえことがあるようだな……？」

暴力的な態度に、力を誇示する権力。祖父と父が二代で築き上げた『鷲宮』は、事業自体は法に触れるような危ういものではないものの、奏一郎が働かされている『ガラスの靴』のように、借金のカタに労働させられるような人間が出ているのであれば、いずれ法に触れるような事業へ発展しかねない。暴力や権力を嫌う隼人は、どうしても『今の鷲宮』をそのまま受け継ぐ気にはなれなかった。

それに、今のような乱暴な印象では時代遅れで、いずれ企業として成り立たなくなる。時代に即したまともな事業を展開していくべきだ――そう考えていた。

「……別に、なんでもありません」

父から視線をそらさずに答えた。考えることはたくさんあるが、現状をほとんど知らない隼人があれこれ言う立場では、今はない。兎嶋をうまく使って、裏を取っていくしかない――父に乗せられてペースを乱されないよう、冷静になるよう自分に言い聞かせた。

「………そうか」

隼人をいぶかしげに見るものの、父はそれ以上追及してこない。そして、机に置いた報告書を手にし、また読みはじめる。少し安堵して胸を撫でおろした。

「そういえば」

思い出したように、父がつぶやく。

「うちの鮫谷が、最近うろうろとシマを歩き回っているようだな。……誰が上か力で示さなければ、経験のないお前なんてすぐに潰されるぞ」

報告書から顔を上げず、釘《くぎ》を刺すように強い口調で父が話した。父の言わんとしていることは、すぐにわかった。

甘い考えを持つな――まるで自分の頭の中を見透かされたようだった。

ネオンが揺らめくホールへ、いつものように足を踏み入れる。退職手続きなどで忙しくて足を運べずにいたため、『ガラスの靴』に来たのは一ヶ月半ぶりだった。店員に案内され、奥のしずかな席へ通される。以前案内されていた、ほかの客のテーブルが近い一般客用のそれではなく、特別客用なのだろうか。薄いカーテンで仕切られたそのテーブルに付属のソファは、ひとりで座るには大きなものだ。

（そうか、鷲宮を名乗ったから……）

なんでこんな個室に近いテーブルに案内されたのかピンと来なかったが、そういえば前回訪れたのは、自分が鷲宮を名乗ったときだった。『ガラスの靴』は鷲宮グループの子会社が経営するクラブで、いわば鷲宮は畏《おそ》れるべき相手。鷲宮の長男と知られたため、隼人はいっきに特別扱いへと変わったのだ。

ほどなくして、カーテンが遠慮がちにめくられた。顔を上げると、そこには一ヶ月半ぶりに会う奏一郎の姿があった。あいかわらず似合わない高級なスーツに着られた姿で、思わず吹き出してしまう。

「……何回見ても似合わないな。普通の服装にすればいいのに」

なにげなく声に出して言うと、奏一郎が顔を赤くしてわなわなとしている。それでもちゃんと仕事を全うしなければと思ったのか、無言で隼人の横に座った。

まじまじと奏一郎を眺めていると、奏一郎が片手で隼人の肩を押してきた。

「わ……わかってるから、高い服装が似合わないって。でも、ここではこれを着なきゃいけないんだよ……！」

隼人が極道一家である鷲宮の息子だとバレたというのに、奏一郎の態度は変わらなかった。十年前も同じだった。地味で平凡そうに見えて、奏一郎は意外と肝が据わっている人間だ。ある意味、鈍感ゆえの態度なのかもしれないが、十年前もそういえば、不良に絡まれてもあまり動じていなかった。

隼人の肩を押すのをやめて、奏一郎が遠慮がちに名前を呼んだ。なにか言いたげに口を少し開くが、すぐに閉じてしまう。

「なんだよ、なにかあったのか？」

じれったくなって聞き出そうとすると、奏一郎はすぐに顔を上げて両手を振った。

「ち、ちがうちがう。そうじゃなくて、あの……」

「……ん？」

奏一郎が左手の人差し指に怪我をしていることに気づく。こういった店で店員が見えるところに傷をつけるのは、あまりよくないはずだ。どうしたのか聞こうとする前に、奏一郎が隼人の視線に気づいた。

「これ……昼間の厨房《ちゅうぼう》で切ったやつだよ」

奏一郎は人差し指にできた小さな傷に触った。本当に小さな傷で、奏一郎もあまり気にしていなかったのだろう。それよりも、厨房という言葉が気になった。テーブルに置かれた度数の弱い酒を口にしつつ、奏一郎に聞いた。

「厨房って……？」

「あ、そっか、まだ隼人に言ってなかったよね。俺、昼間は飲食店でアルバイトしてるんだ」

「アルバイト？　昼間もか？」

いったいどういうアルバイトを奏一郎にさせているんだ。夜のこの慣れない仕事で疲れきっているというのに、これ以上働かせるなんて……などと考えを巡らせていると、それに気づいた奏一郎があわてて否定した。

「ちがうよ、お金返すためってのは本当だけど、ここの人に言われて働いてるんじゃないんだ。こないだ自分で見つけて、ここの仕事がない昼間にシフト入れてもらって……」

奏一郎なりに、自分が置かれた状況を変えようと努力中なのだろう。なんとか奏一郎をここから逃がしてやりたいが、借金が理由であれば契約書があるはずだ。それをなしにすることはさすがにできないし、借金をしている金融業がどこのものかわからなければ動きようがない。奏一郎も、隼人に迷惑をかけたくないと、その借金についてのくわしいことは教えてくれない。

考えあぐねつつ奏一郎の話をしずかに聞いていると、奏一郎は遠慮がちにつぶやいた。

「隼人にも、これ以上迷惑かけられないから。……俺にもなにか、隼人に返せるものがあればいいんだけどね」

その言葉を聞いて、奏一郎のほうを見る。慣れない手つきで隼人が飲めるくらいの薄い水割りを作り、隼人の前に置かれた空いたグラスと交換している。

様子があまりにいつも通りで、一ヶ月半前に決死の思いで伝えたはずの好意が伝わっていない気がする。

「奏一郎、こないだ俺が言ったこと覚えているか」

「えっ？」

とつぜん別の話をされておどろいた奏一郎は、一ヶ月半前のあの部屋での出来事を急に思い出したのか、顔を真っ赤にして押し黙ってしまった。あの行為がどういうものかについては、さすがに理解しているようだ。そりゃあ二十代後半の立派な大人であれば、いくら経験が浅いとはいえ、性行為をする意味について知ってはいるだろう。

じゃあ、あの言葉の意味は？

「なんで俺がここに来て、おまえを指名しているのかわかるか……？」

十年もの長いあいだ燻り続けた想いは、吐き出してみると簡単なものだった。奏一郎が好きだ。忌み嫌い避け続けていた鷲宮の血筋と対峙するよりも、奏一郎をだれかに奪われることのほうが怖かった。プライドもなにもかも捨てて鷲宮の血筋を利用するくらいには、奏一郎のほうが大事だった。

もう気持ちを隠すことも、我慢する必要もない。

たじろぐ奏一郎に近づいて、彼の体を覆うように両手をソファにつく。すると倒れないように自分の体を支えつつ、奏一郎はぎゅっと目をつぶってあわてて答えた。

「お……俺がお客さんのお酒の相手も下手だから、昔のよしみで指名してくれてる……」

「…………」

それ以上は答えようとせず、隼人が離れるのを待っている。この反応から見ると、おそらく隼人の気持ちは理解しているようだ。ただ、それを受け入れられないのか、奏一郎は頑《かたく》なに隼人の気持ちに気づかないふりをしているように見えた。

（……そうだよな。十年ぶりに再会した後輩にとつぜん好きだとか言われて、しかもあんなことされたら……）

はあ、と大きくため息をついて、奏一郎から体を離した。あまり迫っても、奏一郎を困らせるだけだ。

女性と付き合っていたときとはちがう感覚だった。いや、性別のちがいではない。本気で好きだと思ったのは奏一郎が初めてで、どうしたら正解なのかわからないのだ。

それに、覚悟していたというのに、奏一郎の受け入れられないといった態度がぐさりと心臓に突き刺さるようだ。好きだと伝えたとしても、今は押しつけにしかならないのだろう。

奏一郎が作ってくれた水割りのグラスを軽く仰いで、体をソファに預ける。離れた隼人に安堵しているからだろうか。奏一郎はちらりと隼人を窺い見て、口をぎゅっと結んでいる。

「その鈍くささを直さないと、俺くらいしか酒の席で指名する奴いなくなるぞ」

助け舟を出すと、奏一郎はようやく顔を上げて少しだけ遠慮がちに笑顔になった。きっと奏一郎にとって、隼人との関係はまだ、仲のいい先輩と後輩なのだろう。

「最近ヘルプで先輩について勉強してるから、だいぶできるようになったよ」

最近勉強しているという酒の種類や水割りの作り方について、奏一郎から一つひとつ説明された。酒には興味がないというのに、奏一郎が話す姿が可愛くてたまらない。このなにげないやり取りが、今の隼人の楽しみだった。

「隼人さん」

仕切られたカーテンに人影が見えて、そこから聞き慣れた声がした。仕事が終わり、ここからは護衛はいらないと『ガラスの靴』の前で伝えて帰らせたはずの兎嶋だ。とつぜん現れた兎嶋におどろいたのか、奏一郎は持っていたグラスを落としそうになり、それを隼人は奏一郎の手ごと受け止める。

「わっ……」

「大丈夫か、奏一郎」

「……お楽しみのところ、すみませんね」

カーテン越しに、兎嶋が背を向けた状態でつぶやく。いつもの軽口だが、どこか雰囲気がおかしい。警戒しているのだろうか、声色がいつもより低い。

鷲宮は敵が多い。いくら鷲宮のシマの店だとしても、なにが起きるかわからない。おそらく兎嶋は、隼人に断られてもこっそり護衛を続けていたのだろう。そうせざるを得ないところに足を踏み入れたことを理解しているからこそ、兎嶋が現れても動揺することはなかった。

それよりも、兎嶋が隼人の前に出なければならないほどの事態が起きていることのほうが、気になった。

「……なにか起きているのか」

奏一郎が持っていたグラスをテーブルに置いて、ソファに座ったまま兎嶋のほうを見る。今立ってしまえば、カーテンの影越しに自分の姿が周りに見えてしまう。兎嶋がカーテンを開かないまま声をかけてきた理由を理解した上で、低い声で兎嶋へ聞いた。

「あいさつしたいと、ごついの連れた隼人さんの天敵が来てますよ」

天敵——兎嶋が言いたいことは、それだけですべて伝わる。眉をひそめて、ぎゅっと拳を握った。

「……隼人……？」

奏一郎に、小声で話しかけられた。ふとそちらを見やると、心配そうに隼人を見つめている。

大丈夫と伝えるため、そして奏一郎がここにいることを相手に悟らせないため。奏一郎へめずらしく柔らかに笑いかけ、人差し指でしずかにしていろと伝えた。素直にうなずいて、奏一郎はソファに座り直した。それでも心配そうに、カーテンの隙間に視線を送っている。

「……追い返しますか」

隼人が指示を出す前に、兎嶋が提案した。本来であれば、息抜きで来ているこのようなクラブで、あいさつしたいと約束なしで来ることは失礼に当たる。相手が隼人へ喧嘩を吹っかけているのと同じだ。

「いや……いい。俺が直接話す」

隼人は立ち上がって着ていたスーツを正すと、カーテンのほうへ向かう。そして、隼人の行動が信じられないというように、じとりと見上げる兎嶋を無視して、カーテンを開いた。

となりで、呆れたように兎嶋が小声で言った。

「……なめられますよ？」

「会わずに追い返せば、何度でもここに来てしまうだろ。……ただし」

兎嶋を、冷たい目で見下ろす。その目に、兎嶋は背筋を凍らせたように体を強張らせる。

「このテーブルにはぜったいに近寄らせるな」

そう言って、隼人はカーテンを閉める。周囲の客や店員たちの中にも、なにか起きていることに勘づいている者もいるようだ。関わらないようにと、隼人から不自然に視線をそらす姿が見える。

「……まるで巣を守る親鳥」

うしろで兎嶋が、ぼそりとつぶやく。それを無視して、店員が数人集まっている店の入り口のほうに目を向けると、ひさしぶりに見る姿があった。

神経質そうなきつい目つきをした、三十代後半くらいの黒髪の男。細身の体に高級ブランドの暗い紺色のスーツを几帳面に着込み、隼人を見つけると、にこりと笑った。大きな体軀《たいく》をしたふたりの黒スーツの男をうしろに連れて、隼人のほうへ歩いてくる。それを、店員が困った顔で止めようとすると、黒スーツの男がぎろりと店員を睨んだ。おそらく店員も、兎嶋から「鷲宮の長男の席にだれも近寄らせるな」と伝えられているのだろう。怯えながら、必死に説明している。

「すみません。通しても大丈夫ですよ」

ここでは、鷲宮の気に入らないことをすれば、なにをされるかわからないという暗黙のルールがあるのだろう。このままでは店員を巻き込みかねないと判断し、店員に手を振って声をかけた。

「……どうします、隼人さん」

背後から兎嶋のささやく声が聞こえて、隼人は片手で軽く兎嶋になにもするなと合図した。相手がこちらへ近づく前に、自ら細身の男のほうへと歩んだ。そして、怒りに震えそうになる両手をぎゅっと握り、いつものように表情を作って微笑んだ。

「……おひさしぶりです。鮫谷さん」

鮫谷——鷲宮グループでいくつかの子会社を経営する、父の直属の部下。隼人があまり父の屋敷へ近寄らなくなった十年ほど前から鷲宮へ出入りするようになった人間で、怖れて特定の人間しか近寄っていかない父と直接話し合いをする姿を、母とともに最後に屋敷を訪れた際、隼人は目にしていた。たった一度しか会ったことがないというのに、今でも印象に残っている。不気味なほどに丁寧なあいさつをして、値踏みするように隼人を見回した鮫谷を、十年前も隼人は警戒した。また、鷲宮の直属の部下には剛腕なタイプが多いなか、鮫谷は細身で暴力をふるうような姿を見せることのないめずらしいタイプだった。しかし、それは『直接手を下すことはない』といった意味であり、鮫谷にはさまざまな暗い噂がある。

それに今は、それだけじゃない。

（……父のシマを探っている。『ガラスの靴』で、奏一郎を指名して抱こうとした人間……）

ざわりと鳥肌が立ち、爪が食い込むほどに拳を握ってしまう。鷲宮であやしい行動をする不穏分子ということ以前に、奏一郎へ近づいてそういう対象として見ていたという事実が、想像以上に隼人の心をざわつかせた。

「おひさしぶりです、隼人さん。このような場で申し訳ございません。しかし、なかなかお会いできる機会をいただけなかったもので……」

目を細めて笑顔で会釈し、隼人と一定の距離を保ちつつあいさつをした。嫌悪感を表に出さないよう気をつけながら、カタギで培った営業用の笑顔を顔に貼りつけ、穏やかに応じる。

「いえ、こちらこそあいさつが遅れてすみません。まだ若輩者ですので、いろいろと忙しくて」

いくら隼人の立場が上だとしても、年齢も経験も鮫谷のほうが上だ。ここでほかの部下と同じようにため口を使えば、逆になめられる要因になる。鮫谷の出方を窺いながら、あいさつをした。

互いに距離を保ちにこにこと笑顔でやり取りをしているこの様に、なにか勘づいているらしい数人の客や店員たちは、身動きもできない様子でそっと盗み見ながら、青い顔をして固まっている。

「そのようですね。今はもうボスでも行かないような、鷲宮の末端のチンピラが働く現場にまで足を運んで、お勉強していらっしゃるとか……」

鮫谷は、隼人をまっすぐ見て笑顔で話す。すると、鮫谷のうしろにいたふたりの黒スーツの男がにやにやと笑った。……と思ったが、とたんに顔が青ざめて背筋を伸ばし隼人から目をそらした。

まさかと思いうしろを見ると、めずらしく兎嶋がきつい表情で黒スーツの男のほうを睨んでいる。

子どものころから鷲宮に出入りしていた、派手な姿をした兎嶋が鷲宮の長男の用心棒だということは知れ渡っていた。兎嶋は、普段はのらりくらりとしているのに、鷲宮が侮辱されると異様なほどにキレる。どうやら兎嶋は業界では知られた人間のようで、こうして一睨みするだけで大抵の下っ端たちは怯えてなにも言えなくなる。極道っぽさがないように見えるが、そういうところはこの世界に長く腰を据えた人間だと感じていた。

「やめろ、怯えさせてどうする」

鮫谷のうしろに並ぶ黒スーツの男が怯えきっているにも関わらず、ぎろりと睨み続ける兎嶋へやめるよう告げた。すると、兎嶋は睨むのをやめて視線をそらす。

兎嶋のすごいところは、どれだけ腹を立てても、鷲宮の人間が不利になりそうなことがないように立ち回り、指示がない限りは危害を加えないことだ。だからこそ、隼人よりは低いにしても、立場がそれなりに上である鮫谷には威嚇《いかく》をしようとしない。

「申し訳ございません、鷲宮の若に対してこのような振る舞いをするとは……。あとで叱っておきます」

鮫谷がにこにこしながら言うと、うしろにいた男が青い顔のまま息を飲んだように体を震わせた。

恐怖で部下を支配する――この業界特有の行動だ。それが好きではなくて、ずっと父に反抗してきた。恐怖で従わせる関係ほど、脆《もろ》くてリスクが高いものはない。父の力が衰えればたやすく崩れるだろうし、企業として成り立つものでもなく、反対勢力を生んでしまいかねない。

いや、すでに反対勢力は生まれているのだろう。それがこの鮫谷だということを、きっと父も理解していて隼人に忠告したのだ。

「いいえ、構いません。……それより、このような場に足を運んでいただかずとも、屋敷での定例会議で近々あいさつさせていただこうと思っていたんですよ。お互い、息抜きは大事ですからね……」

隼人は、暗い光を放つネオンに視線を移す。ここにはもう来るなと、遠回しに伝えた。

「……そうですね、息抜きの場所にまで来てしまってすみません。あいさつも済んだことですし、私はこれで失礼させていただきます。今日はありがとうございました」

それに気づいた鮫谷は、隼人に一礼して踵を返す。いくら鷲宮直属の部下だとしても、鷲宮の長男の『命令』には背けない。店員たちが見守る中で命令したことで、それはここでの『絶対』になる。おそらくこれで、鮫谷はこのクラブへ足を運ぶことが許されなくなるだろう。鮫谷を奏一郎に近づけさせないために、自分の立場を利用した。

「……そういえば」

なにかを思い出したように鮫谷は立ち止まる。

「私もこの店、けっこう好きだったんですよ。性癖はストレートなんですがね、どうしても気になる子がいまして」

奏一郎のことを言っているのだろう。無言でそれを聞いていると、鮫谷は振り返って隼人を見た。

「……どうしてか、指名ができなかったんですよね」

隼人の反応を窺うように、鮫谷は目を細めて隼人を見据える。それでも視線をそらさず、鮫谷の言葉に返事をしなかった。表情を変えない隼人に、これ以上カマをかけても意味がないと思ったのか、鮫谷はすぐににっこりと笑って礼をした。

「ま、もうここへは来ないので、関係ない話ですが。それでは失礼しますね」

鮫谷はすぐに黒スーツの男たちを連れて、店をあとにした。出ていく姿を見送ると、うしろにいた兎嶋が隼人にこっそりと声をかけた。

「ボスに報告して、会議にかけてもらいます？」

「……やめろ。父に言ったとしても、自分で対処しろと言われるだけだし、そんな姑息《こそく》なことをしてもあれは変わらない」

それに、鷺宮への反抗意識があると確信させる証拠を残すような男ではない。今夜ここへ来たのも、隼人の弱みを探るためなのだろう。

テーブルに戻るため、踵を返す。カーテンを開くと、気づいた奏一郎がすぐに隼人のほうを見上げた。心配そうに眉をひそめ、そして、隼人の手を見て目を見開く。

「は、隼人……手から血が……！」

「え？」

奏一郎に言われて右手を上げて見ると、手のひらに少し血が滲んでいた。無意識に強く拳を握り過ぎて、爪が食い込んだのだろう。それを兎嶋が、カーテンを閉めつつうしろから覗き込んできた。

「うわ、隼人さん怖あ……そんなに小鹿さんのこと言われたの気に食わなかったんですか？」

にやにや笑いながら、隼人をからかおうと兎嶋がふっかけてくる。隼人が言い返してくるのを待っているのだろう。まともにそれに返しても無駄だと思い、奏一郎の横にまた座った。そして、兎嶋を無視してグラスの水を飲む。

「無視だ。……小鹿さん！　隼人さんに、小鹿さん以外にも少し優しくなるよう言ってくださいよ」

「うわ……！」

兎嶋はわざわざ奏一郎の横まで行ってしゃがみ込み、泣きつくふりをして奏一郎の片足にぎゅっと抱きついた。奏一郎は困ったようにされるがままだ。

それを見て、思わずグラスの水を吹き出しそうになる。すぐに奏一郎の肩を抱いて自分のほうに引き寄せ、兎嶋の頭をもう片方の手で押して離させた。

「やめろ！　おごってやるから、おとなしくあっち行ってろ」

「そうですかあ。小鹿さん、またね」

にっこりと笑って奏一郎に手を振ると、兎嶋は鼻歌を歌いながらカーテンの外へ出ていった。やられた、といった表情で兎嶋を見送る。隼人をからかうためではない。一仕事終わったあとのお酒や色遊びがしたくて、隼人におごらせる機会を狙っていたのだろう。

「奏一郎、お前もいやなら抵抗しろよ」

片手で抱き寄せたままの奏一郎を見下ろして注意すると、奏一郎がすぐに顔を上げた。とたんに触れそうなくらい顔が近くなる。

「……！」

思わず、奏一郎を離した。

（……発情期の動物か、俺は……）

不意打ちはだめだ。触れた肌の熱さがよみがえり、ちょっとしたことで体が反応してしまう。近づいて自分の気持ちを押しつけて、奏一郎を困らせてしまわないようにすると決意したばかりだというのに。

「あの、隼人」

「奏一郎、そろそろ遅いし俺は帰るから」

「あ……じゃあ俺、会計を……」

「いいよ、俺が呼んでくる」

よい言い訳が思いつかない。なにかを言いかけた奏一郎が少し視線を泳がせたあと、素直にうなずく。それを見て、ソファから立ち上がった。

――そのうしろ姿を、奏一郎が思いつめたように見つめていることにも、気づかずに。

どうしてこうなったのだろう。予想外の出来事に、これまでの人生の中でたくさん作ってきたあらゆる対処方法の引き出しを片っ端から開ける。しかし、解決策はどこにも書いていない。なぜなら、こんな経験はなかったから――。

確か、『ガラスの靴』に来てテーブルに案内されたところは、いつもと同じだ。そして奏一郎が、スーツではない格好――ベストとネクタイを着用した、いつもよりはラフな正装だったのだが、それを着てテーブルに来た。高価なスーツが似合わないと言い過ぎたせいなのか、奏一郎が店長に直談判したようだった。奏一郎もこのほうが安心するようで、最近は笑顔になることも増えてきた。それもいつもと同じだった。近づき過ぎないように距離を保ちつつ、他愛ないことを話して一緒に酒を飲んだ。

そうだ。そのあたりから、どうも奏一郎の様子がおかしかった。

普段、隼人とはちがい酒が強い奏一郎は、どれだけ飲んでもけろっとして、いつものぼんやりした目でいる。それなのに今日は、飲みはじめたあとから口数も少なくなり、隼人と目を合わさなくなった。隼人の声も聞こえていないようなときもあって、どうしたのか聞いても「なんでもない」と笑うだけ。もしかしてめずらしく酔っているのかなどと考えていた。

いや、酔っていなければ、このような行為には至らないだろう。そうとしか思えない。とにかく、隼人の想像を超える出来事が今、起きていた。

薄暗く広い個室に、キングサイズのベッド。おそらく『ガラスの靴』で、ランクの高い部屋なのだろう。備えつけのシャワールームはガラス張りになっていて、たとえ部屋にひとりだけだとしても、使う気にはなれない。ベッドの横のテーブルにはアダルトグッズがしまわれており、いつでも取り出しが可能だ。

どうしてこうなったのか、わからない。ドアの前で立ち尽くしていると、握っていた隼人の手を離して、奏一郎がベッドの前まで歩いていった。持っていた、透き通った透明なガラスの靴を模したアクセサリーのついたカードキーをテーブルへ置く。

奏一郎の気持ちはわかっていた。彼の中では、十年前のような仲のよい先輩と後輩という友人関係が、一番居心地がいいのだと。だから、好きだと伝え続けるけれど、それ以上を求めないと隼人は決めていた。

決めていたというのに、まさか。

「……今日は隼人の好きなこと、してほしい」

靴を脱いで、身につけていたネクタイを外す。隼人に背を向けて、奏一郎はいつもの落ち着いた声でつぶやいた。

そういう気があって奥の個室についてきたんじゃない。奏一郎から大事な用事があると言われて、いったいなんのことかと手を引かれるままついてきたら、この部屋に到着した。いや、そういう気がないというのは、本当は嘘だ。奥の個室がどういう場所なのかわかっていて、断ればいいのについてきた。ただ、今は後悔している。行動の理由はわからないが、なぜ奏一郎を止めなかったのか――。

(……あきらかにおかしいだろ、これ……!?)

ぱさり、という音とともに、奏一郎がベストを脱いで床に落とすのが見えた。奏一郎がベルトを外してズボンを下ろそうとしたところで、ようやくハッとして、奏一郎を止めようと近づく。

「おい、店長になにか強要されているのか?」

きっとそうにちがいない。奏一郎が断れない立場だとわかっていながら、隼人に体を売って稼いでこいなどと言われたんだ。奏一郎の腕を摑んで、自分のほうに向かせようとそのまま引っ張った。

「………………!」

隼人に腕を摑まれ、奏一郎は振り向く。きっと困った顔をしているだろうと思ったのに、それはちがった。

「ち……ちがう、俺の意思だよ。だれからも、なにも言われてない」

頰を赤く染めて、奏一郎は隼人を見上げる。経験がないに等しい中、必死なのだろう。緊張で腕が少し震えていた。

それを見た隼人はぞくりと体が震えて、思わず生唾を飲む。触れた肌から熱が伝わって、心臓が大きく高鳴った。奏一郎を前に、いつも抑え込んできた欲求が今にも暴れ出しそうな感覚が全身を走って、思わず奏一郎をつき飛ばしてしまう。

「わ……っ」

バランスを崩した奏一郎は、脱ぎかけたズボンに足が絡まり、近くにあったベッドの縁につまずいた。そして、そのままベッドに倒れ込んでしまった。

「……！　ごめん、大丈夫か……？」

すぐに奏一郎を起こそうと、手を伸ばす。しかし、奏一郎は自分でベッドから体を起こすと、隼人の手を取らずに顔を横に振った。

「大丈夫だから……だから、隼人がしたいことしてほしい」

奏一郎は言い慣れないセリフをつぶやいて、今度は顔を真っ赤にして、震えそうになる両手でワイシャツのボタンを外していく。

こんな経験はなかった。本当に好きで愛おしくて、今すぐ欲しいと思える相手から求められるなんて。夢かもしれない。だって奏一郎が求める自分との関係は、十年前と同じただの仲のよい――……。

「…………ッ……！」

初めて奏一郎を押し倒したときのような、衝動的な感情が体を支配して、奏一郎の両手首を摑んだ。

そのまま大きなベッドへ再び奏一郎を倒して、華奢な体を抱き込む。緊張しているように速い、奏一郎の心臓の鼓動が隼人にも伝わってきた。ひさしぶりに全身へ伝わる愛しい熱に、深く息をついた。ワイシャツが邪魔で、奏一郎を抱きながらボタンを外そうと手を伸ばす。しかし、隼人の力が強かったせいか、ボタンが取れてシーツへ落ちてしまう。

「ん……っ」

ワイシャツをたくし上げて、奏一郎の体に触れる。脇腹や背筋に触れると、びくっと背をそらして反応する奏一郎が可愛い。首筋に顔を埋めて前と同じように甘噛みしてやると、さらに奏一郎は反応した。

少しのあいだ夢中で奏一郎の体に触れ、反応を確かめる。興奮しきった体が熱くて、着ていたワイシャツを脱ぎ捨てる。何度も深く息をついて、組み敷いた奏一郎を見下ろした。声が出てしまうのが相当恥ずかしいのか、口元を手で覆っていた。そんな小さな仕草にも体が反応して、衝動を止められなくなる。

差し出された無防備で美味しそうな餌を前に、獣は我慢ができない。

「あ……んん…………っ……」

奏一郎の下着に触れ、勃ちかけたそれに指で触れる。熱くなった自身からは先走りが出ていて、下着を少し濡らしていた。ずらそうと指を挿し入れると、さすがに耐えられなかったのか、奏一郎は体を縮こまらせてベッドに俯せになる。

「………奏一郎……やっぱりやめるか……？」

奏一郎の行動に少しだけ正気になって、体を離した。やめるなんて言いつつも、体はまったく逆だ。熱く昂り、期待で硬くなった隼人のそれは、今すぐにでも奏一郎をモノにしたいと主張を続ける。全身もとても熱くて、今ここでやめるにしても、静めるまではそうとう時間がかかりそうだった。

奏一郎が自分に求めている関係性は、よく知っている。奏一郎が抱かれようとする行動には、きっとべつの意味があるのだとわかっている。

……わかっているのに。

「ごめ……俺、……ちゃんとできなくて……」

俯せのまま、奏一郎が震えながらも腰を起こした。まるで生まれたての小鹿のように足が震えているというのに、奏一郎はやめようとしない。片腕をベッドについて体を支えながら、先ほど隼人が脱がせようとしていた下着に片手で触れて、羞恥心に手を震わせながらもゆっくりと下ろす。

「今度は……ちゃんとするから、……やれるから……っ」

「……っやめろ、それ以上したら、もう……」

奏一郎の体を見ないように視線をそらして、下着を下ろす奏一郎の手を摑む。はあ、と息苦しさで喘《あえ》ぐ。

――しかし言葉とは反対に、その下着を強引に下ろした。テーブルに置かれたローションを手に取り、以前に一度だけ解《ほぐ》したことのある窄まりに指で触れた。ほかのだれにも触れられていないことを確認するように、ローションで濡れた指をゆっくりと挿し入れる。

「ふ……ぅ……っ……」

きつく締まったそこに指を挿入していくほどに、少しだけ苦しそうに奏一郎が声を上げる。指を増やして、自分を受け入れさせるために少しずつ解していく。中に挿れた指で内壁を軽く擦ると、奏一郎はびくっと体を痙攣《けいれん》させた。

「ひっ」

小さく悲鳴を上げて、背をそらす。前立腺に触れたようで、同じところを擦ってやると、触ってもいないのに奏一郎のそれが勃ち上がる。力が抜けて倒れそうになる奏一郎の体をうしろから抱き上げて、自分の上に座らせる。解れた窄まりから指を抜いて、隼人はわざと自分のそれを下着越しに奏一郎の窄まりに当てる。

「ぅあ……ッ」

自分のよりも熱くて大きい昂りにおどろいたようで、奏一郎は隼人に抱かれながらも、両足をベッドについて腰を浮かせようとする。しかしシーツで滑って、体を隼人に預ける形になってしまう。

「ん……はや、と……！」

下着から昂りを取り出すと、窄まりにあてがう。直《じか》に伝わる熱い熱に、隼人の呼吸はさらに荒くなった。

これで奏一郎が自分のものになる。奏一郎も受け入れてくれている。やっと、繋がることができるんだ。

でもそれは、奏一郎も自分と同じ気持ちで、なのか？

「隼人……？」

奏一郎の声がして、顔を上げた。思わず摑んでいた奏一郎の腕を強く握りしめてしまい、隼人のほうを振り返っていた奏一郎は痛そうに顔を歪める。

奏一郎は、まだ下着を身につけていた。途中からは妄想だったのかと、自分のたくましいほどに豊かな想像力と奏一郎へ向けた性欲に、大きなため息をついた。

「あの……わっ」

戸惑う奏一郎をベッドに押し倒して、うしろからぎゅうっと強く抱きしめた。身動きが取れなくなった奏一郎はそれ以上なにもできなくて、観念したように大人しくされるがままになる。

「……確かに俺は、今はお前の客としてここに来てるけど」

ぼそりとつぶやくと、奏一郎は肩を震わせた。

「そんなにいやなら、無理に相手しようとしなくていい」

奏一郎が自分のことを、恋愛感情で見ていないことはわかっている。それなのにこうして誘うような真似《まね》をして、いやなのに抱かれようとする奏一郎の行動が、ショックだった。しかも、結局反応している自分に嫌悪を感じていた。

体だけが欲しいんじゃない。本当は奏一郎に、好きになってもらいたい。きっと、無理だろうけれど。

「ちがうっ………ちがう！」

めずらしく大きな声を出して、奏一郎は叫んだ。何事かとおどろいて、奏一郎の体を離して片腕をついて起き上がった。奏一郎は少しのあいだ体を縮こまらせたままだったが、決心したように隼人のほうに体を向けた。

耳まで真っ赤になって泣きそうな顔をしながら、奏一郎はわなわなと震えて隼人を見上げる。いつものぼんやりとした顔ではなかった。なにかを隼人に伝えたくて、唇を噛んで言葉を探す。どうしたんだと声をかける前に、奏一郎が困り眉になって、視線を泳がせながら話した。

「いやじゃない……無理もしてないよ、俺……」

かんちがいさせるセリフを吐かれ、奏一郎を見つめて言葉を失う。隼人に言いたいことが伝わって

いないと理解した様子の奏一郎は、口下手ながらも必死に話す。

「俺のために隼人、こうしてここに来て高いお金払ったり……仕事辞めて、家業と向き合わなきゃいけなくなったりしたのに……俺はなにも隼人に返せるものを持ってない。だから、返しきれないにしても、なにかできないかと思って……兎嶋くんに相談して……」

「兎嶋？　お前、兎嶋に相談したのか⁉」

「えっ……う、うん……隼人といつも一緒にいるから、なにか知ってるかもと思って」

どうりでおかしいと思ったら、兎嶋に入れ知恵されてこんな行動を起こしたらしい。確かに奏一郎は、こんなことを思いつきそうにない。あとで兎嶋を殴ってやりたいと、心の中でつぶやいた。

「そしたら兎嶋くんに、これが一番喜ぶって言われて……それで、今回の部屋のお金も、自分で出して…………」

そこまで言って、奏一郎は急に顔を真っ赤にした。顔を両手で覆って、うわあと声を漏らす。

「ごめん……！」

「え？」

「ま……まるで俺を抱くことで、隼人が喜ぶみたいなヘンなこと言って……！」

おそらく、隼人になにか恩返しをしようと必死過ぎて、深く考えていなかったのだろう。ふと自分の考えを言葉にすることで言動を省みたのか、奏一郎は真っ赤になって言い訳をした。

しかし、あながちそれはまちがいではないため、無言のまま笑顔で固まる。あとで兎嶋をぶちのめす、そう心に誓いながら。

「……いやじゃないいって言うけど、そんなの嘘だろ」

はあ、とため息をついて、ベッドに寝転ぶ。

「……！　う、嘘じゃない、俺ほんとに……」

体を起こして隼人を見下ろすと、奏一郎は必死に言った。隼人は奏一郎を見上げて、少しふてくされたように話す。

「だって奏一郎は俺と、高校のときみたいな関係に戻りたいって言ってたしな」

子どものような、意地悪い言い方だったかもしれない。自分に直接言ってくれればよかったのに、なんでほかの奴に言ったんだ。それが悔しくて、つい口から出てしまった。

すると奏一郎は、一瞬言いよどんで視線をそらし、ぎゅっとシーツを握った。

「そんなこともう思えない！　じゃなきゃ、こんなことできない……！」

泣きそうな顔で、耳まで赤くして奏一郎が言った言葉に、隼人は目を見開く。

「……え？」

ベッドから体を起こし奏一郎を見て、先ほど奏一郎が発した言葉を噛みしめるように頭の中で繰り返した。

そんなこと、もう思えないって言った……？

「再会したときは戻りたいってずっと思ってたのに……隼人の態度、十年前と少しちがってて……恥ずかしいけど俺、この歳なのにそういう経験あんまりないから……」

めずらしいくらいに口数の多い奏一郎は、ふだん語らない自分の気持ちを言葉にした。

恋愛対象として見られていないと思っていた。しかし、奏一郎の中で隼人との関係は、少しずつ変わりはじめていたというのだ。

「隼人のこと、そういうふうに見れないって思ってたのに……ぜんぜんいやじゃなくて、俺、どうしちゃったんだろう……っ」

せきを切ったように、奏一郎は自分の気持ちを語る。これ以上黙って聞いていられなくて、奏一郎の口を片手で軽く押さえた。

「いい。もういいから、ちょっとしゃべるのやめて」

嬉しい。きっとまだ、好きという気持ちではないにしても、少しずつ奏一郎の心が変わっていたことが。

にやけそうな口を片手で隠す。ようやく黙った奏一郎の口から手を離した。

「家のことは、自分のためでもあるから気にしなくていい。それと……そんなに俺がお金払っていること気になるなら、俺への借金ってことで、いつか返してくれたらいいから」

「そ……そんなの当たり前だよ！　だけど、それだけじゃ……俺は隼人がこうして一緒にいてくれるのが嬉しいのに、俺にはそうしてもらえるほどの理由になるもの、ないし……」

自分を卑下して、だんだん声が小さくなる奏一郎。十年前、隼人と一緒にいることが楽しいと語っていた明るい奏一郎が、どうしてここまで自分を卑下するようになったのだろう。

奏一郎の両肩を掴んで自分のほうに向かせる。奏一郎は顔を上げた。隼人を見上げる瞳は、いつものぼんやりとしたものだけれど、どこか暗い色をしている。

伝えたかった。どれほど自分にとって、奏一郎が大事な存在か。

「……好きだ、奏一郎のことが」

単純な言葉でしか伝えられない。けれどそれが、隼人の本心だ。心からの優しい笑顔を、奏一郎へ向けた。

「だからもっと自分を大事にしてほしい。奏一郎が自分を大事にしてくれないと、俺が困る」

ぼんやりとしていた奏一郎の瞳が、大きく見開かれた。

「へ……？」

おどろいたように固まると、奏一郎は見る見るうちに顔を赤くして、口をぱくぱくと開いた。すぐに隼人から離れようと体をそらすが、それを逃がさなかった。腕を引っ張って、正面からぎゅうっと抱きしめた。少しのあいだ、奏一郎は身動きせず隼人にされるがままの状態で、どうやら固まっているようだった。

「…………！」

奏一郎が、おそるおそる隼人の背に両手を回した。奏一郎はなにも言わなかったけれど、それでも自分の意思で、隼人を抱きしめたのだろう。奏一郎の手は、震えていなかった。きっと、まだ同じ気持ちではない。それでも自分の想いが伝わったことが嬉しかった。

（奏一郎のこと、大事にしたい）

大事にしたいと思う感情と、ぞくりと昂る衝動。

相反するものを抱えながら、隼人は衝動を抑えるように唇を噛んだ。

6.

現場の視察を終えて、車に乗り込む。隼人が乗った後部座席のドアを閉めて、兎嶋は運転席へ乗り込んだ。普段は運転手がいるのだが、今日は遠方の現場で深夜までかかることがわかっていたから、兎嶋が代わりに運転していた。

車で都心へ戻るころには、夜明けに近い時間になるだろう。カタギの仕事をしていたころとは、生活時間もだいぶ変わった。そんなことを考えながら、持っていたカバンを横に置いた。

「かなり下の奴らにも、顔を覚えさせることできましたねえ」

兎嶋がシートベルトをしながら隼人のほうを振り返り、満足げににやにやと笑った。それを睨む。

「……兎嶋。お前、いちいち威嚇するのやめろ」

力でねじ伏せるタイプの父とはちがい、隼人は丁寧な対応をこころがけていた。当初は困惑したような態度だった部下たちも、いかつい外見や態度を怖れることなく堂々と対応し、聡明で現実的な助言をして、小さなことでも話を聞いてくれる隼人に、徐々に心を開きはじめていた。

しかし、中にはやはり、隼人に反抗心を抱く部下もいる。そういった輩《やから》を見つけると、兎嶋はすぐに睨みを利かせて力で従えさせるのだ。

「甘いなあ、隼人さんは。こんな時間がかかることしなくても、すぐに解決する方法、あなたは持っているかと思いますけどね」

隼人を見据えてから、兎嶋は前に向き直って車を発進させた。

確かに兎嶋の言う通りだった。この世界で真っ当なことだけをしようなんて無理な話で、部下たち全員が同じように隼人を慕うわけではない。父の部下である鮫谷のように、虎視眈々《こしたんたん》とボスの座を狙う者もいる。これまで、古いしきたりに従って任侠《にんきょう》を重んじるシノギを家業としてきた父だって、昔と比べれば法に触れる寸前のことをしなければ、鷲宮を守り続けることができなくなっている。現場の視察を続ける中で、そういった状況を見せつけられてきた。

「……そんな方法、俺は持っていない」

頬杖をついて窓の外を見ながら、兎嶋の言葉を否定した。どれだけ大変だとしても、それだけはしたくない。

「そういえば」

カーブを曲がりながら、兎嶋がとつぜんつぶやいた。隼人は足を組み直して、視線だけ兎嶋のほうへ向ける。

「なんだ」

「最近、鮫谷のとこの可愛い子ちゃんとお近づきになったんですけど」

兎嶋はゲイで、面食いだ。おそらく鮫谷の部下に、年下の好みの男でも見つけてそういう仲になったのだろう。鮫谷に見つかれば大変な目に遭うというのに、この男は――呆れて眉をひそめた。

「聞きたくない」

「えっ？　やだな、ちがいますよお。のろけたいんじゃなくて、隼人さんが知りたいこと教えてもらったんですよ」

あははと笑って、兎嶋は赤信号を見てゆっくりとブレーキを踏んで停止した。そして、スーツの内ポケットに入っていた名刺を後部座席へ向かって差し出す。それを受け取り、見てみると、知らない男の名前とともに企業名が書かれていた。

「……金融会社……これ、鮫谷の」

それは、鮫谷が経営する鷲宮の子会社の名刺だった。裏面を見ると、手書きで携帯電話の番号が書かれている。どうやら兎嶋が探りを入れた鮫谷の部下が、兎嶋に連絡先を渡したくて書いたようだ。

「……まさか、この金融会社……」

隼人が知りたい情報と聞いて、すぐに奏一郎のことが思い浮かぶ。すると兎嶋はちらりと隼人を見て、飄々とした態度で話した。

「最近、鮫谷が自分のシマで法律すれすれの金利で無理やり借金させて、返せなくなった人間の弱み握って自分の部下に取り入らせ、やばいことしてるみたいで。しかもその餌食のひとりに……『ガラスの靴』で最近働かせている奴がいるって、教えてもらいました」

「…………!!」

カッと頭に血が上って、表情を変えた。ストレートの鮫谷がどうして以前、『ガラスの靴』に通って奏一郎を指名し酒を飲んでいたのか理解できなかったが、それを聞いて繋がった。

奏一郎の身辺を調べれば、鷲宮の長男である隼人と同じ時期に、同じ高校に通っていたことくらいすぐに判明する。鷲宮のボスの座を狙うあの男が、そこを利用しないわけがない。なにか有力な情報がないか、奏一郎を指名していろいろと聞き出していたのだろう。

そこで偶然、兎嶋が奏一郎のことを知らないまま、鷲宮に隼人を近づけようとして『ガラスの靴』を利用した。それは鮫谷にとって、願ってもいなかったチャンスになった。

そこまでは想像がついたが、それでもひとつ、どうしても腑《ふ》に落ちないことがある。奏一郎の性格を考えれば、ぜったいにありえないことだ。

「なんであいつ、鮫谷のところに借金なんか……」

いくら鈍くさいにしても、奏一郎はまともな人間だ。借金するほど荒れた生活をすることも想像できないし、ヤクザから金を借りるなど、そんなバカなことはしない奴だと知っている。

隼人がつぶやいた言葉を聞いた兎嶋が、吹き出すように笑った。

眉をひそめると、兎嶋は青信号を見て車を発進させる。そして、当たり前じゃないですかと言った。

「あんな、楽しい金の使い方も知らなさそうなカタギが、僕らみたいなとこから借金する理由なんてありませんよ」

奏一郎のことを知っているかのように言われ、さらに機嫌の悪い表情をして兎嶋を睨む。それをバックミラーで見て、ふふ、と兎嶋はさらに笑った。

「もしかして借金の理由、教えてもらえなかったんですか？」

「……知っているなら早く言え」

兎嶋の発言を無視して、急《せ》かす。これ以上こいつの挑発に乗っても、時間の無駄だ。

「これも、鮫谷のとこの可愛い子ちゃんが教えてくれたんですけど。どうやら小鹿さん……」

兎嶋の言葉は、車の発信音にかき消される。けれど隼人には聞こえていた。

——それは、信じられない理由だった。


街に到着したころには、夜明けも近い時間になっていた。もう店は閉まっている時間だとわかっていた。表通りで兎嶋が運転する車から降りて、足はいつもの場所へ向かう。

会ってどうするんですか、できることなんて今はありませんよ——兎嶋にもっともなことを言われた。けれど、確かめたかった。奏一郎のために、奏一郎を笑顔にするためになにかできるんじゃないかと。

それは驕《おご》りだと、心のどこかでわかっていたのに。

「……隼人？」

きらびやかなネオンが消えた、暗い店の前に着くと、横から自分の名前を呼ぶ声が聞こえた。そちらを振り向くと、濃い緑色のマフラーを巻き、地味で少し大きめのカーディガンを羽織って、寒そうに肩を縮こまらせている奏一郎がいた。ちょうど後片付けを終えて、裏口から出てきたところだったのだろう。おどろいたように見開いた目で、隼人を見つめていた。

店の外で会ったのは初めてだった。夜明けの近い、歩行者もほとんどいない薄暗い歓楽街で、街灯に照らされた私服の奏一郎はどこか懐かしく見えた。ブランド品に着られた姿よりも、こうして落ち着いた服装のほうが似合っている。素直な心臓が、奏一郎を見つけただけでいとも簡単に鼓動を速めた。それを悟らせないよう、軽く咳払いをして着ていた暗い紺色のスーツの上着を正す。

こんな時間に会いにきたのは、姿を見たかったからじゃない。

どうしてこんな時間に、ここへ——そんな顔で、奏一郎は隼人のほうへ近寄った。

「どうしたの、隼人」

「……奏一郎に聞きたいことがあって来た」

そう言うと、奏一郎はまばたきをした。わざわざこんな時間に聞きにくるほどの内容が思いつかないのだろう。思案しているような表情になる。

立ち入った話をする関係では、まだないのかもしれない。それでも聞かずにはいられなかった。なにか自分にできることがあるんじゃないか、奏一郎を助ける方法を自分なら持っているんじゃないか――自意識過剰で幼稚な言い分が、隼人の背を押した。

「……ごめん。奏一郎の借金の理由、聞いた」

ゆっくりと言葉を探しながら、つぶやいた。すると、見る見るうちに奏一郎は表情を凍らせて、隼人から視線をそらしてなにも言わなくなった。

兎嶋が話した言葉が、脳裏によみがえる。


『どうやら、親代わりの伯父さんが遊んで作った借金を相続して、高校卒業してからずっと払い続けているみたいなんですよ。伯父さんが蒸発した今も、ね』


予想していた通り、奏一郎は自分で借金を作るような人間ではなかった。しかも、納得できるような理由でもない。奏一郎が話してくれるまでは立ち入ってはいけない部分だとわかっていながらも、どうしても放ってはおけなかった。

少しの間のあと、奏一郎は表情を歪ませて苦笑いをした。

「謝ることないよ……黙っていた俺のほうが悪いよ。だって、隼人のおかげで今も返せているんだし……いつか言わないとって、思っていたから」

奏一郎は戸惑いながらも、たどたどしく話す。隼人の反応が怖いのか、顔を上げようとしない。それでも隼人へ説明しないといけないと考えているのか、奏一郎は小さい声でつぶやいた。

「……うちの両親が病気で死んだあと、伯父さんが俺を引き取って育ててくれたんだ。確かに借金ばかりしてダメな人だったけど、優しくて、ほんとの父だとずっと思っていたくらいなんだよ」

自分の伯父のことをどう聞いていたのか気になるのだろう、奏一郎は聞いてもいないのに伯父をかばうような口調で話した。

「そんなに大きな額でもなかったし、高校卒業して働いて返したんだけど……まさか、鮫谷さんのところからも借りているなんて知らなくて……。ちゃんと調べて、優先してすぐに返せば利子は膨らまなかったんだけどね。前に隼人に言われた通りだよ。俺、ほんと抜けてるよね」

隼人に背を向けて、奏一郎は明るくなりはじめた空を見上げた。

なぜ奏一郎が自分を犠牲にしてまで、負債を担わなければならないのか。自分のことのように悔しくて、強く拳を握った。

「……なんで、相続したんだよ。借金を手離す選択肢だって、お前にはあったはずだろ」

失踪したままとはいえ、相続が発生しているなら失踪宣告が出ているのだろう。それなら相続を放棄する手段だってあったはずだし、それを知らないほど奏一郎は子どもではない。

あいかわらず隼人に顔を見せないまま、奏一郎は背を向けて答えを返した。

「……鮫谷さんが借金を払わせるために伯父さんを探し出して、ひどいことをさせるのわかっていて、そんなことできないよ」

奏一郎の話を、理解できなかった。できるはずがなかった。

どの言葉も、伯父のため——それればかりで、十年ものあいだ奏一郎は、夢だと語っていたことも捨てて、自分を犠牲にして生きてきたというのか。

腹立たしくなって、強く拳を握ったまま吐き捨てるように言った。

「ほんとバカだろお前……あんな似合わない格好なんかして」

「…………」

代わりに借金を返してもおそらく伯父は帰ってはこない。それに、伯父のためにもなるはずがない。

奏一郎だって、きっとわかっていて伯父の借金を払い続けていた。だからこそ理由を隼人に言わなかったのだろう。

隼人の言葉に、奏一郎はうつむいて押し黙ってしまう。それがさらに、隼人を苛立たせた。

「十年前に言っていたこと、なんだったんだよ……？　働いて金貯めて、外国行きたいって……そんな奴のために、なんで……！」

奏一郎の肩を摑んで、強引に自分のほうを向かせる。しかし、奏一郎は隼人の体をつき飛ばして、隼人から離れた。

「…………！」

拒絶されたことは、初めてだった。奏一郎を見ると、彼も同じように悲痛な表情で隼人を見上げた。

「だって、俺には伯父さんしかいなかった……っ」

子どもみたいな理由を叫んで、奏一郎はすぐに自分の口を片手で覆ってふさぐ。自分が吐露した言葉がどれほど愚かで、そして隼人を傷つけるものであるかわかったのだろう。顔を赤くして、奏一郎は動揺したように視線を泳がせる。

だけど、愚かなその言葉はきっと、奏一郎の本心だ。

どれだけ好きだと、大事だと伝え続けても崩せることができない大きな壁。

いつの間にか空は明るくなっていて、夜が明けたことに気づく。時間はどんどん過ぎてゆくというのに、奏一郎の心を変えることはできない。できることなんてない——兎嶋の言葉が脳裏をよぎった。

その通りだ。

奏一郎に、十年前と同じように笑ってもらいたいと思うのも、自分の一方的な気持ちだ。

「……奏一郎」

自分が口走った言葉が信じられない。そんな顔をして、口を手で覆ったまま身動きが取れずにいる奏一郎へ、声をかける。肩を震わせて反応するが、奏一郎は顔を上げない。上げられない、といった表現が正しいようだ。

「……ごめん……俺、…………っ」

奏一郎はそれだけ言い残して、走っていく。追いかけて伝える言葉も見つからなくて、その姿をただ、見送った。

断ってもよかったが、今日の用事はそうもいかなかった。どうして今日に限って、一番居心地の悪い場所に呼ばれたんだろう。ずきずきとする頭の痛みはきっと、この居心地の悪さと、ほとんど眠っていないせいだ。早朝の奏一郎とのやり取りがふと頭をよぎって、テーブルを介して目の前に座る父に悟られないように息をついた。

話がある――そう父に呼び出された時間通りに屋敷を訪れて、奥まった場所にある父の座敷を訪問した。いつものように父は隼人が訪室しても見向きもせず、テーブルに並べられた報告書に目を通している。呼び出したのはそっちのくせにと、心の中で悪態をついた。

とにかく早く終わらせて、今日は休みたかった。それほど気持ちに余裕がなかった。

「……用事って、なんですか」

耐えられず、父へ声をかける。無言でそんな隼人のほうに視線を向けると、父はようやく持っていた報告書をテーブルの上にバサッと音を立てて置いた。

「俺が忠告したこと、覚えているか」

「……覚えています。それがなんなんですか」

苛立ちを滲ませた声色で答えた。すると、父はぎろりと隼人を睨む。

「ずいぶん苦戦しているようだな。……そんな甘いやり方で、継げるわけがない。まだ鷲宮に入る覚悟がねえんだろ」

「………！」

父の言いたいことがわかり、眉をひそめる。父とはちがう道を築こうと、現場の視察に行っては部下たちから直接話を聞いたり、ときに助言をしたりしていることが、父の耳に入っていることは知っていた。

いやみを聞かされるために、わざわざ呼び出されたのか。聞きたくもないことを言われるが、なにも返さずに父の言葉を聞き続ける。魂胆はわかっている。隼人を逆上させて、自分の言い分を認めさせたいのだ。甘さは捨てるべきだと。

「……覚悟がねえのは、『ガラスの靴』のお気に入りのせいだろう」

正座をして父のいやみを静かに聞いていた隼人は、顔色を変えてしまう。父はそれを見逃さず、ふん、と鼻を鳴らした。

「小鹿奏一郎……だったか。カタギの男だろ。クズな親戚のために、借金を律儀に払い続けてるって話だったな……」

おそらく父に報告しているのは、兎嶋だ。彼は隼人の用心棒というだけではない。兎嶋は敬愛するボスへ、隼人の動向や鮫谷の行動も報告しているのだろう。

「………俺の仕事のやり方と、小鹿は関係ありません。こんなくだらない話をするために呼んだのであれば、俺はもう帰ります」

畳に手をついて、立ち上がった。今、一番話したくないことだった。早朝の出来事が心によみがえって、ずきりと頭に重い痛みが走る。早くこの場から去りたい。もう、聞きたくない。

「あれは、健気《けなげ》っていうもんじゃねえ」

父に背を向けた隼人は、その言葉に足を止めた。

「たまにあることだ。人のためだと思い込んで借金返し続けていないと自分を保っていられない、自分勝手な奴なんだよ。店に足運んで体を買ってやっているお前のことなんて……まるで目に入ってない。執着したってムダだ」

まるで見透かされたような、確信めいたことを言われたことに対してなのか。自分の重い気持ちに押しつぶされそうだというのに、簡単な言葉で片付けられたことになのか。

沸き立つ怒りの感情が、じわじわと心を蝕《むしば》む。

「…………あんたに、関係ないだろ……」

父に背を向けたまま、隼人は低い声でつぶやいた。この男に敬語でない言葉を使ったのは、十年前、最後に屋敷を訪れた日以来だった。自分は父と関係ない人間だと示したくて、幼い反抗心で使い続けた父への敬語は、感情を抑えるにはちょうどよかったのだ。

やめろ、相手にするな。この男がやりたいことはわかっている。それなのに、感情を塞《せ》き止める理性の防波堤が崩れていく気がした。

「…………小鹿奏一郎を、どうにかするしかねえな」

ぞわりと背筋に冷たい感覚が走って、胡坐をかいて座る父のほうを振り返る。気づいたときには父の胸ぐらを掴み上げていた。

「……っ隼人さん！」

座敷の外で待機していた父の部下たちや兎嶋が気づいて、すぐに隼人のほうに走った。兎嶋にうしろから体を押さえつけられるが、力のままにそれを振り解く。兎嶋がよろめいて離れた隙に、もう一度父の胸ぐらを掴み、床へ乱暴に押しつけた。

激昂のままにもう片方の腕を振り上げたところで、父が声を上げて笑う。

「っはは……カタギのふりして、やっぱりお前は……鷲宮の人間だな……！」

その言葉に、息を飲んだ。

父の目に映る自分の姿が見える。感情に身を任せ、衝動的に力で相手を支配しようとする——獣と同じだった。

「…………ッ……!!」

父のような人間にはなりたくない。穏やかなふりをしていて本当は衝動的で、獣のような自分を認めたくない。

摑んでいた父の胸ぐらから手を離して、怒りが消えない震える腕を押さえながら立ち上がった。静まり返った周囲を見渡すと、部下たちが隼人を見て体を強張らせた。普段は穏やかなはずの隼人の、初めて見た凶暴な姿に言葉を失っているようだった。

父はまた、咳き込みながら笑う。そしてゆっくり起き上がると隼人を睨み上げ、自嘲気味に言葉を吐き捨てた。

「……こういうやり方でしか、お前は生きられないんだよ。カタギのふりなんて……やめておけ」

なにも言い返せないまま、隼人は呆然とその場に立ち尽くした。

7.

——懐かしい夢を見た。それは十年も昔、幼くて愚かな自分の、後悔の夢。

最近できた、学年がひとつ下の友人と歩く帰り道が、奏一郎にとって大切な宝物だった。ほかの人にはいつも優しい笑顔だというのに、彼は自分にはいつもぶっきらぼうだ。こちらのほうが年上だというのにタメ口で、バカだの抜けているだの言ってくる。でも、なぜかそれが心地よかった。たまに見せてくれる照れ笑いがもっと見たくて、毎日のように一緒に帰った。

彼はある日、どうして自分と帰ってくれるのか話した。「周りが面倒くさくて、それから逃げるために利用した」と。

嫌われることが怖くて、人の顔色を窺ってばかりの自分には、偽らずに本当の気持ちを伝えてくれる彼の態度が気持ちよかった。

——だけど、今日ばかりは彼のことをまっすぐ見ることができなかった。壊れそうだった。昨夜、アパートの台所のテーブルに置いてあった、唯一の家族である伯父の手紙を見つけたせいだろうな。

『ごめん』

たった一言書かれたそれだけで、伯父がもうここに帰ってくる気がないことを悟った。

ついに家族がいなくなって、自分はひとりきりになった。

一生懸命、伯父に嫌われないようにがんばってきたけれど、どこかでなにか、まちがえたんだ。自分にはきっと、一緒にいたいと思える価値がなかったんだろう。

それなのにひとつ年下の友人は、今日もいつもと同じように約束の校門前に来てくれて、自分のとなりを歩いてくれる。自分にはそんな価値などないのに。もうまちがえたくない。彼からも嫌われて、そしていなくなられてしまったら。そう思うと怖くてしかたなかった。

でも、本当に今日は苦しくて死にそうだった。だからつい、言ってしまった。こうなったらいいな、なんて図々しい夢を。

――どうやら、それも失敗してしまったようだ。つき飛ばされて睨まれて、あれから彼は、待ち合わせの約束をしていた校門前に来ることはなくなった。


カーテンの隙間から、夕方の光が差し込む。まぶしさで目を覚まして、奏一郎はいつのまにか自分の部屋のベッドで眠っていたことに気づいた。

両手をベッドについて、少しだけ体を起こす。ずきずきと頭に痛みが走り、眉をひそめる。ゆっくりと周囲を見渡すと、床にはカバンや家の鍵が投げ捨てられていた。帰ってきたときのまま、ベッドで倒れるように眠ってしまったのだろう。

「…………！」

頬が少しだけ濡れていることに気づいて、片手でそれを拭った。眠りながら、泣いていたのだろうか。きっとそれは、今でも心が締めつけられるほどに苦しくて、懐かしい十年前のことを夢で見たせいだ。

隼人と十年ぶりに再会した、あの日。隼人がくれたチャンスを今度こそまちがえずに、大切な宝物を守りたいと思った。隼人に嫌われないように、なくしてしまわないように。またひとりになることが怖くて、必死だった。

それなのに今朝、愚かなことを隼人へ言ってしまった。すべてを壊してしまうようなことを吐き捨てて、怖くなって逃げてきた。

うつむいて、唇を強く嚙む。あれから十年経ったというのに、まだ自分は愚かで、なにも変わっていない。きっと隼人はもう、会いには来ない。これで終わりなんだ。当たり前だ。帰ってくるはずもない伯父を助けるためなんて大義名分を作って、ぐらぐらになった自分の心を守るために借金を相続して返し続けている、情けない自分には。

ただ自分を守りたいだけの、勝手な人間だ。

「…………」

　これで終わりだと思うのに、あきらめられない自分がいる。カーテンの隙間から差し込む光が、シーツを強く摑む自分の両手を照らした。

　一緒にいる価値がなくて伯父は去っていったのに、隼人はずっと、そんな自分を大事だと伝えてくれた。ちゃんと自分を大事にしろと真剣に言ってくれた。本当は十年前だって、隼人は何度も、自分にも価値があると教えてくれていた。

　十年前に一緒に歩いた、街灯の光が反射する川岸のキラキラした帰り道。再会して、店で交わした他愛のない会話。抱きしめる強い両腕の力と、優しく首筋を食《は》む唇。抱きしめられるたびに伝わってくる、自分と同じ速さで高鳴る心臓の音。

　――伯父しかいなかったなんて、そんなはずはなかった。隼人と一緒にいる時間が、どれだけ自分を救ってくれていたのだろうか。

　だれもいない静まり返った室内で、奏一郎はつぶやいた。

「終わりに……したい……っ……」

　頭で考えるよりも先に、体が動いた。奏一郎はベッドから立ち上がり、テーブルの横にある引き出しの前に座る。そこにしまっていた通帳を取り出して立ち上がり、床に投げ捨てたカバンや部屋の鍵を拾う。寝ぐせのついた髪も気に留めず、奏一郎は足早に廊下を通り、部屋のドアを開けた。

（隼人のことも自分のことも、ちゃんと大事にしたい……！）

終わりにしたい。隼人との、今の関係を。嫌われないように、店に客として来てもらうのを待つような関係を。

本当は十年前だって、約束の校門前で待つだけじゃなくて、彼の教室まで迎えにいけばよかった。一緒にいたいって、ちゃんと自分から言えばよかったんだ。

走って近所の銀行まで行くと、まだ窓口は開いていた。しかし、ちょうど閉店時間のようで、客はひとりもいない。息も絶え絶えで、必死な形相で銀行にやってきた奏一郎を見て、行員たちはおどろいたような視線を奏一郎へ向ける。

「す……すみません、まだ大丈夫ですか」

「は、はいっ大丈夫ですよ」

窓口の女性銀行員は奏一郎へ営業用の笑顔を向けるが、少し引きつっていることがわかる。いぶかしそうに見られ、とたんに自分の乱れた姿を省みた奏一郎は、少し頬を赤くする。いくらあわてていたといっても、これでは不審者だ。咳払いをして呼吸を整えようと息をつき、ずり落ちた大きめのカーディガンの襟を引っ張って着直した。

女性銀行員へ通帳を渡して、いつもの口座を振込用紙に記載する。毎月の借金の支払額は決まっていたが、余裕があるときはそれよりも多く支払い、その分利子を多少安くすることができるシステムだった。返し終えるには、やはりまだ足りない。けれど、少しでも早く返済するために、払えるだけの貯金を口座に振り込んだ。

「ご利用、ありがとうございました」

手続きを終えて、銀行の自動ドアから外へ出た。冬のこの時期は、日が落ちる時間が早い。すでに夕方の気配を漂わせた街中には、寒そうにマフラーを巻いた人々が行き交っている。急いで出てきたことでマフラーを身につけていない奏一郎は、思わず肩を縮こまらせる。それでも、決意したようにまっすぐに前を見た。

帰ったらシャワーを浴びて、また仕事に行く。日中のアルバイトもシフトを増やして、もっと働こう。隼人が店で払ってくれたお金もちゃんと返して、なにもかもなくしてからもう一度、会いにいく。

今度は来てもらうんじゃなくて、自分から会いにいきたい。そして、伝えたい。

「……おい」

アパートまで戻り、二階にある自分の部屋へ向かう。カバンから部屋の鍵を取り出したところで、とつぜんうしろから話しかけられた。奏一郎が振り返ると、そこには——……。

8.

兎嶋が運転する送迎車を降りて、何度も来たことがある歓楽街に足を運んだ。今日の目的は『ガラスの靴』ではない。同じ街の中にある鷲宮関連の金融会社で働く部下から、相談があると連絡が入り立ち寄ったのだ。

わざわざ足を運んでもらうのは申し訳ない、土産を持って屋敷へ伺いたいと部下から何度も懇願されたが、屋敷に住まず自分のマンションから出向いて仕事をしている隼人にとっては、わざわざ屋敷まで行き訪問者を出迎えるほうが面倒だった。しかし、隼人から会社へ立ち寄ることに納得してもらえるまで、ずいぶん時間がかかった。

ビル入り口の自動ドアを入りエレベーターの前まで行くと、車を駐車した兎嶋が追いかけてきて、隼人のうしろに立つ。そして耳打ちをした。

「帰り、『ガラスの靴』に寄ります?」

それを無視して、エレベーターのボタンを押した。口腔内に広がる血の味に少し顔を歪める。昨日、父から殴られた際に口腔内を切ったようで、一日経ったというのに口の端からも未だに血が滲む。

——隼人がボスである父を殴り倒そうとしたことは、上下関係が厳しい鷲宮では許されない事実だった。それはいくら息子だとしても変わらない。ボスである父が直接手を下し、隼人に罰が与えられた。思いきり殴られた左頬。ボスが自ら手を下すことで、この程度で済まされたのだろう。本来は許されるものではない。

怪我以上に隼人を苦しめたのは、その後の部下たちの態度だった。初めて凶暴な隼人の姿を目の当たりにして、一部の部下たちの態度は一変した。ようやく笑顔であいさつを交わしてくれるようになったというのに、隼人を見ると怯えたように表情を曇らせて、深々と頭を下げるようになった。最初に逆戻りどころではなかった。

その姿を見るたびに、父を衝動的に殴り倒そうとした自分の姿がよみがえる。

「……寄らないんですか？　もう一週間は行ってないですよねえ」

隼人が無視したことも気にせず、兎嶋はつまらなそうに耳打ちをやめて口を尖らせる。ほかの部下たちとはちがい、兎嶋の態度は変わらなかった。こういうところを買われて隼人の用心棒になったのだろうが、今は兎嶋の軽口に乗る気分ではない。

上着のポケットに入れていた仕事用のスマートフォンのバイブが鳴って、左手でそれを手に取る。画面に映し出された番号に、眉をひそめた。それはちょうど、兎嶋が話していた『ガラスの靴』の支配人で、以前名刺を渡された人間の番号だった。

出るかどうか迷ったが、一週間前に会ったきり顔を見ていない奏一郎の姿が脳裏をよぎる。それを遮るようにため息をついて通話をスワイプし、スマートフォンを耳に当てた。

『……申し訳ございません、とつぜんお電話をしてしまい……』

隼人の機嫌を窺うように、おそるおそる話す男の声。目の前のエレベーターの表示板が一階になり、ドアが開く。エレベーターに乗り込んで、低い声でそれに答える。

「用件は？」

『……あ、あの……』

ためらうように間を置き、男は押し黙る。普段であれば、隼人に対してこういった話し方をする人間ではない。そうとう話しにくいことで、それでも隼人へ直接報告しなければならないことなのだろうか。隼人の代わりにエレベーターのボタンを押す兎嶋を横目で見ながら、つぶやいた。

「……もしかして、奏一郎のことか……？」

『……！　そ……そうです。話が大きくなる前に、隼人さんに直接……話さなければいけないと思いまして』

男はようやく話しはじめる。あまり多くの人間に知られないよう、配慮しての行動なのだろう。その男の話に、隼人は表情を変えた。

「奏一郎と、連絡が取れない………？」

男の言葉を繰り返した。とたんに、父の言葉を思い出す。

『小鹿奏一郎を、どうにかするしかねえな』

「…………っ！」

怖れていた事態だった。まさか、父が行動に移したのではないか。男に問い質そうとしたところで、前方に立つ兎嶋のスマートフォンのバイブ音がエレベーター内に鳴り響く。とっさに顔を上げると、電話に出た兎嶋の顔色がめずらしく変わるのが見えた。

兎嶋は、隼人のほうを振り返る。

「……隼人さん。屋敷に行きましょう」

眼鏡の奥の目は、いつになくぎらぎらと殺気立っていた。スマートフォンから耳を離して、兎嶋へいぶかしげに聞いた。

「……なんだ……？」

エレベーターが目的の階に到着し、停《と》まる。ドアが開く前に、兎嶋は静かな声で話した。

「……ボスが外出中、何者かに刺されました」

――ドアが開くと、そこには怯えたような表情をした男が立っていた。

兎嶋の運転する車で屋敷まで戻り、門をくぐる。足早に庭園を通り、玄関の扉を開く。

「おかえりなさいませ」

隼人に気づくと、深く礼をする使用人や部下たちを横目に、靴を脱いで中に入る。長い廊下を通り、奥にある父の座敷まで行く。鷲宮のボスである父が刺されたというのに、使用人や部下たちはいつも通りだ。

座敷の襖を開くと、奥の座椅子にどっかり座る父と、鷲宮お抱えの医師、そしてスーツを着たガタイのよい刈り上げの男がいた。

「……隼人さん。こちらへ」

男に中へ入るよう促され、兎嶋とともに座敷に入る。男は座敷のそばにだれもいないことを確認し、静かに襖を閉じた。

父は隼人を見ることなく、兎嶋に向かって声をかける。

「兎嶋。そいつ以外、だれにも知られていないだろうな」

「もちろんです」

隼人のうしろにいる兎嶋が答える。冷静に受け答えをしているが、あいかわらず眼鏡の奥の目はぎらぎらとしていて、父が刺されたという右脚を見つめていた。父の右の太腿は深緑の着物でかくされていて怪我の程度はわからないが、医師が片付けている包帯、脱脂綿などに血が付着しており、近くに置かれたスラックスには太腿部分が赤黒く染みている。父はあいかわらず威圧感のある厳しい表情をしているが、そうとう大きな怪我なのだろう。

「すみません……俺が代わりになっていれば……っ」

襖のそばにいた刈り上げの男が、とつぜん崩れ落ちるように座り込み、土下座をした。その手にも包帯が巻かれ、血が滲んでいる。

この部下を連れて外出中の出来事だった。ここに向かう最中に兎嶋から聞いた話だと、訪問先の裏口から部下とともに出た瞬間、通りすがりを演じた複数の人間に狙われたようだ。すぐナイフを持つ相手に気づいた父が相手をし、右の太腿にナイフが刺さるだけで済んだ。とっさに部下が動き、もうひとりが持つナイフを素手で摑んで奪い取ったことで相手の士気を奪い、それ以上攻撃されることはなかった。しかし、右脚をかばう父に気を取られ、男らを逃がしてしまったのだ。

「……それより、警察は呼ばれていないだろうな？」

「は、はい……！」

部下のほうを見ないまま父が低い声でつぶやくと、部下はすぐに顔を上げて背筋を伸ばして答えた。

警察を呼ばれてしまうと、事が大きくなる。屋敷のほかの使用人や部下たちがいつも通りの様子だったのは、おそらくこの場にいる人間以外には、父が襲撃されたという事実が伝わっていないためだろう。この座敷の裏には、裏口から直接繋がる小さな入り口がある。小さいころ、母とともに屋敷を訪れる際はいつもその裏口を使っていた。父たちはほかの人間に悟られないよう、裏口からこの座敷に入ったようだ。

ぎろりと睨み上げて、父は隼人と視線を合わせる。

「この話は他言無用だ。お前にはいずれ伝わるだろうから、先に話しておくためにここに連れてこさせた」

父から視線をそらさず、少しの間のあと口を開く。

「……相手が、内部の人間の仕業だということを、ですか」

どうして、わざわざ呼び出したのか。その理由は明白だった。父が怪我をしたことよりも、ついに内部の人間が動き出したことが、父をここまで慎重にさせている。

「……そうだな。今日、あの時間、あの場所に行くことは……先日の役員会議でしか話していない。だが……あの男が指示したという証拠はない。あの会議には、ほかにも役員はいたからな」

あの男――鮫谷のことを指していることを、隼人はわかっていた。おそらく今回のことを指示した人間が鮫谷だと悟る父は、だからこそ隼人を屋敷へ呼びつけた。

「……ボス」

うしろで黙っていた兎嶋が、めずらしく隼人と父の会話に割り込んだ。いつもうしろで黙って聞いているだけの兎嶋だが、そうとう腹が立っているのだろう。飄々とした態度は消え失せていた。この男は、意外と気が短い。

「命令をいただければ、俺が処理します」

「口を出すな。お前ごときがどうにかできることじゃない」

冷たい口調で一喝され、兎嶋はすぐに黙った。出過ぎたことを言ったと感じているのか、兎嶋は少しうしろに下がる。

「……目立つことはできない」

つぶやいて、隼人は左手で拳を作る。

「鷲宮を狙うほかの組織は多い。うちの内部分裂が知られ、力が弱体化していると思われてしまえば、抗争が起きる。そんなことになれば、警察は見逃さない」

隼人の話を聞いていた父は、にやっと笑った。腕を組んで、座椅子に背をもたれさせる。

「そうだ。……だがそれも、確証があれば別だ。証拠を見つけ出して、正当な理由をつけてあの男に制裁を加えれば周りはなにも言えない。少々手荒い真似をしても、な」

含みのある父の言い方に、じっと睨むように父を見据える。

「……それは、あの男を暴力で片付けるということですか」

暴力という言葉で表したが、父が鮫谷を『消す』という行動に至ろうとしていることを悟った。それはこの業界では、きっとめずらしくない。しかし、それは社会的に許される行為ではないし、犯罪に手を染めて力で反対勢力を抑えつけても、同じことが繰り返されるだけで、なんの解決にもならない。

それに、隼人にはもうひとつ、それをしたくない理由があった。

「……お前のお気に入り、行方不明らしいな」

隼人を睨みながら、父は奏一郎のことを語った。隼人の手が、ぴくりと反応する。しかし、返事はしない。父の言いたいことは、わかっていた。

奏一郎が行方不明だということに、父は関わっていない。鷲宮の状況や、今回の父への襲撃。鮫谷が、隼人と奏一郎の関係を疑っていたこと。奏一郎がなにか知っていると思い込み、何度も鮫谷が店を訪れていたこと。どれもが、今回の鷲宮の内部分裂に奏一郎が巻き込まれたことを指し示している。

「下手に動けば、きっと小鹿奏一郎はあの男の出しに使われるか、殺されるからな。だから中途半端にカタギのふりをするなと言ったはずだ。小鹿はあきらめろ。あれのために、鷲宮を潰すことは許さない」

隼人が奏一郎を助けるために、鮫谷を消すことを止めようとしている、と思っているのだろう。冷たく言い放ち、父は隼人から視線をそらした。

それでも引き下がらず、父と視線を合わせるため、隼人は腰をおろして父の前に正座をする。

「……あなたの言うやり方では、いずれ鷲宮は自滅する。俺はあなたとはちがうやり方で、鷲宮を継ぐ」

冷静に、目の前の大きな父へまっすぐに伝えた。ずっと目を背け、父を嫌い続けて逃げてきた。けれど今は、ちがう。鷲宮の血筋を引いた獣のような性分も受け入れて、それでもあらがう決意だった。過去に囚《とら》われたままの奏一郎を救うために。奏一郎に好きになってもらえるような、自分を誇れる人間になるために。

それは確かに、自分の一方的な気持ちだ。また拒絶されるかもしれない。でも、どうしようもなく奏一郎が愛おしい気持ちは捨てられなかった。どれだけ探しても、捨てる方法は見つからなかった。

隼人の言葉に、父は威圧感のある目で隼人を睨む。そして、目の前にいる隼人の胸ぐらを摑んで、自分のほうへ乱暴に引き寄せた。

「甘いんだよてめえは……こういうやり方でしか、鮫谷を黙らせることはできねえんだよ！」

隼人の胸ぐらを摑んだまま、父は怒鳴る。びりびりとした緊張感が部屋に伝わり、周りにいた部下や医師だけではなく、兎嶋すらも緊張したように肩を強張らせた。それでも隼人は、父から目をそらさない。それを見て、父は舌打ちをした。

「……お前のお気に入りだって、姿を消して一週間も経ってんだろ？　お前の弱みを聞き出せれば、小鹿奏一郎は用済みだ。すでに、口封じされている可能性だって……」

鷲宮家がいる世界がそういう場所であることを、隼人に伝えようとしたのだろう。しかし父は、すべてを言う前に怯《ひる》んだように、摑んでいた隼人の胸ぐらから手を離した。

離れた隼人はもう一度正座し直して、着ていた黒のスーツの上着を正した。そして、父を見据える。以前見せた、獰猛な獣のような強さを秘めた瞳で。

「……俺が、なんとかします。だから怪我を隠せるようになるまでは、ここで籠っていてください」

「なにを……、…………！」

父に告げて、立ち上がる。つられて父も立ち上がろうとするが、負傷した右脚に激痛が走ったのだろう、顔を歪めて右脚をかばう。部下が焦ったように父へ走り寄った。これでは、周囲に鷲宮のボスが怪我をしていることがすぐに伝わってしまう。ある程度怪我の痛みが軽減しなければ、歩くこともできない。

「ムダだ、今夜は俺が出なければいけない会合がある。取り引きしている組の人間も多く出席する。俺が行かなければ、示しがつかない。……鮫谷も、会合の前になにか仕掛けてくるはずだ」

額に脂汗を浮かばせながら、父はそれでも隼人を止めようとする。出血もひどかったらしく、顔色も悪い。これでは会合になど出られるわけがない。

「俺がそれに出ます。鷲宮の跡継ぎとして」

それだけ告げて、父へ頭を下げる。そして踵を返し、座敷の出口へ向かった。それを見ていた兎嶋も父へ深々と頭を下げ、隼人を追いかける。

「……兎嶋。頼みがある」

襖を開けて座敷を出、長い廊下を歩く。低い声で、うしろを歩く兎嶋へ声をかけた。

「頼みじゃないでしょう、隼人さん」

うしろで兎嶋が、小声で応えた。歩みを止めて、向き直る。そして兎嶋を見据え、有無を言わさない強い声色で話した。

「そうだな。これは命令だ」

兎嶋はにやりと口の端を上げて、満足そうに笑った。

9.

夕暮れのオフィス街に立ち並ぶ高層ビル。帰宅する会社員たちが行き交う歩道の横に車をつけ、目的のビルの前に降り立つ。送迎車を帰らせてビルのホールへ入ると、各フロアの案内板に書かれた企業名の中に目的の場所を見つける。

鮫谷が経営する、鷲宮の系列の消費者金融会社。

最上階に位置するフロアへエレベーターで上がり、受付嬢に案内されて奥の部屋へ向かう。部屋のドアが開かれると、テーブルでパソコンの画面に目を向けていた鮫谷が顔を上げる。そして立ち上がると、あいかわらず神経質そうな目つきで、わざとらしくにこりと笑った。受付嬢がドアを閉めて立ち去るのを見送り、隼人は再び鮫谷のほうを向く。

「とつぜん連絡してすみません。お忙しかったでしょう」

カタギで培った営業用の笑顔で優しく笑い、鮫谷へあいさつをする。すると鮫谷も同じように、笑顔であいさつをした。

「いえいえ、隼人さんが直接このような場へ、ひとりで出向かれると聞いておどろきましたが……あなたやボスのためであれば、時間はいつでも作りますよ」

鮫谷のテーブルのとなりに並べられた来客用のスペースへ案内され、ソファに座る。鮫谷も同じように、隼人と向き合う形でソファへ腰をおろした。

「それに、ちょうど私もお話があったんです。……あなたにだけではなく、ボスにもね」

笑顔のまま、鮫谷は含みのある言い方をした。隼人の出方を窺っているのだろう。父の読み通り、やはり鮫谷は今日の会合の前に、隼人や父に仕掛けるつもりでいたようだ。

会合まで、あまり時間はない。鮫谷が、機会を窺って自分の手を汚さずに外堀から埋めていく人間だということはわかっていた。自ら尻尾を出すようなことはしないだろう。互いの腹を探り合い続けても、時間の無駄だ。

隼人は鮫谷の言葉を無視して、本題に入るため口を開いた。

「今夜、ほかの組の長が連なって参加する大きな会合があることは、鮫谷さんもご存じですよね」

「もちろんですよ。きっとボスは、準備で忙しくしていらっしゃるのでしょう？　その前に、私が屋敷に伺ってご相談したいことがあったのですが……」

鮫谷は、ちらりと壁にかけられた時計を気にするように視線をそらす。

「その必要はありません。今日の会合には、俺が出席することになりました。その前にあなたと、差しで話をするためにここに来ました」

はっきりとそう伝えると、鮫谷が目を見開く。隼人から仕掛けてくるとは思ってもいなかったのだろう。

「どんな、話でしょう」

神経質そうなきつい目つきで隼人を見る鮫谷は、笑顔ではなかった。隼人の考えを探るように、両手の指を組んでじっとこちらを見ている。

決着をつける。そのために、鮫谷のもとに来た。

「……どちらが上か、はっきりさせたい。それがいやなら、鷲宮を出ていけ」

いつになく強い口調で、告げる。爛々《らんらん》と光る、獰猛な獣のような目つき——本性を隠す様子もなく、鮫谷を睨んだ。その目に、鮫谷は怯んだように肩を強張らせる。しかし、すぐに咳払いをして、口早に話した。

「どちらが上かって……もちろん、鷲宮の血筋であるあなたが上なのは明確でしょう？　私ごときがそんな……」

「あなたはそう思っていない」

ごまかそうとする鮫谷へ、はっきりと伝える。すると、鮫谷は眉をひそめた。自分の思い通りに事が進まないことに、苛々しているのだろう。めずらしく、語気を強める。

「……隼人さんに、そのようなことを決める権利があるのですか？」

「権利はある。俺は、鷲宮の長男だ」

鮫谷の挑発にも乗らず、鷲宮の血筋を名乗る。継ぐ覚悟をしていることを明言した隼人に、鮫谷はおどろいたように目を見開いた。

「俺が上だとはっきりしたら、俺に従ってもらう。俺が負けたのであれば、今夜の会合には、あなたに次期跡継ぎとして出ていただく」

隼人が告げた報酬を聞いて、鮫谷はおどろきを隠せず言葉を失った。あきらかに、隼人が不利に陥る条件だ。だが、鮫谷が今日屋敷に来て伝えようとした内容も同じようなものだろう。今日ここではっきりさせなければ、鮫谷はこれからもずっと鷺宮を脅し続ける。

だったらここで、すべてはっきりさせる。

「ボスとはちがって穏便派の隼人さんが、いったいどうしたんです？　……そんなに大事ですか？」

乾いた笑いをして、鮫谷はつぶやいた。なんのことかははっきり言わないが、鮫谷が奏一郎のことを告げていることを感じ取る。

父は、すでに奏一郎が隼人の弱みを聞き出されて口封じをされたと思い込んでいる。しかし、隼人にはそうは思えなかった。慎重な鮫谷が簡単にそのような手段を取るとは思えなかったし、奏一郎はきっと、隼人のことを話さない。そう確信していて、賭けに出た。

「……大事ですよ、鷺宮。だから踏み荒らされないようにしたいんです」

奏一郎のことに勘づいていることを気づかれないよう、ごまかして笑顔を浮かべる。鮫谷の挑発に乗れば終わりだ。

「…………」

　めずらしくなにも言えなくなった鮫谷が黙り込み、互いに見据え合う。すると、鮫谷が立ち上がった。

「……失礼」

　テーブルに置かれた電話の受話器を手に取り、小声で命令する口調で話をした。すぐに受話器を置き、再びソファに座る。その表情は、先ほどとちがい冷静さを取り戻したような笑顔だ。

「実は、私が隼人さんに今日話したかったことは、謝罪だったのです」

　鮫谷の言葉に、眉をひそめる。そして、鮫谷の言葉を繰り返した。

「……謝罪？」

「ええ。……おい、入れ」

　鮫谷が部屋のドアに向かって声をかけると、ドアが乱暴に開けられた。そのほうに視線を向けて、目を見開く。

　屈強な男に腕を強引に摑まれて、よろめきながら華奢な男が引っ張られて入ってきた。着ているワイシャツやズボンは綺麗だが、うしろ手に縛られた両腕は赤く擦り切れ、猿轡《さるぐつわ》を嚙まされた口の端は赤く痣《あざ》ができている。引きずる左脚や、引っ張られる際にめくれたワイシャツの隙間から見えた腹の青痣。暴行の跡が残る体は、屈強な男に腕を摑まれなんとか立っているだけで、疲弊しきっている様子だった。クセっ毛で、黒に近い焦げ茶色の髪をした華奢な男は、ようやく顔を上げ、隼人と視線が合う。そして、悲痛な表情で息を飲んだ。

「…………っ」

行方不明の、奏一郎だった。ぼろぼろに暴行された状態の奏一郎を見つめ、顔色を変えた隼人を鮫谷は見逃さなかったようだ。それまでの動揺が嘘のように、鮫谷は調子を取り戻したような笑顔になる。

「すみません、隼人さんのお気に入りでしたよね？　うちに、乱暴が好きなどうしようもない奴がいまして……。どうしても謝罪したくて、お屋敷に伺おうと思っていたんですよ。部下には、きちんと落とし前つけさせます」

奏一郎のほうを見つめて身動きしない隼人を見ながら、鮫谷が穏やかに話した。

予想は当たっていた。おそらく、奏一郎から隼人の弱みを聞き出そうとしたが、なにも話さなかった。だから、暴行を加えたのだろう。

「……………」

ざわりと鳥肌が立つ。吐き気がするほどの熱が全身を巡って、沸騰した血が頭にまで回り、意識を蝕んでいく。立ち上がって鮫谷の胸ぐらを摑んで、激昂《げっこう》のままに――。

（……だめだ）

爪が手のひらに食い込むほどに強く拳を握った。震えそうになる体を抑えて、奏一郎からゆっくりと視線をそらす。

「……でも、もともとはうちの借金を踏み倒した奴の代わりですから、これをどうしようと隼人さんには関係ありませんよね」

くすっと笑みをこぼして、鮫谷は余裕と言いたげに足を組んでソファへ深く座った。

鮫谷の魂胆は理解している。激昂した隼人に先に手を出させ、わざとらしく悲鳴を上げて部下たちを呼び出す。そして、自分のオンナのために我をなくして部下に手を上げるような、ボスとはちがう隼人の軟弱さを見せつけて、部下に示しがつかないようにするつもりなのだろう。また、部下の前で隼人の大事な人が奏一郎だと知らせて、隼人の弱みにさせようとしている。だからこそこの場に、奏一郎という切り札を連れてきたのだ。

「……そうですね」

奏一郎から視線をそらして、鮫谷を見据えた。穏やかに微笑むが、その目は爛々と獰猛な色を揺らめかせている。それを見て鮫谷は顔を強張らせるが、それでも鮫谷が有利になった状況は変わらない。

今、隼人が動揺してしまえば、鮫谷はそこにつけ込むだろう。かといってこのまま平行線を続けていれば、奏一郎をどうにかされてしまいかねない。奏一郎は、自分がなにか行動することで隼人の立場を悪くすると考えているのか、身動きせず男に腕を摑まれた状態で様子を見守っていた。

鮫谷を切り崩すほどの切り札が、まだ見つからない。

「あと、ボスにも話があったのですが……。今夜、隼人さんが代理で会合に出られると話していましたが、ボスはどうなさったんですか？」

今がチャンスだとばかりに、鮫谷は一気に畳み掛ける。隼人は表情を変えず、答えた。

「父のことは、今は関係ありません」

父のことを悟られれば、さらに鮫谷が有利になる。それだけ伝えるが、やはり鮫谷は納得いかないといった表情で立ち上がった。

「いえ、関係あります。いくら鷲宮の長男であるあなたが会合に出ると言っても、とつぜん過ぎる。理由を教えていただかなければ、私だけではなく、全員納得などしてくれませんよ」

ボスである父が何者かに刺されたという理由など、言えるわけがない。隼人がなにも言えなくなることを理解して話しているのだろう。わざとらしく、困ったような表情で隼人を見る。

「それに、鷲宮のボスがいる以上、正当な理由がなければあなたが会合に出る権利はない。あなたもそれくらい、わかっていらっしゃるでしょう？」

「………」

隼人がなにも言わない様子を見て、鮫谷は余裕を見せつけるように、また足を組み直す。鮫谷の部下が父を襲ったことにまちがいはないが、証拠はない。証拠を残すようなヘマは、この男はしないだろう。隼人がなにも言い訳できないことを理解していて、隼人の言葉を待っているのだ。

「………」

焦ったように舌打ちをして、手をついてソファから立ち上がる。そして、苛立ったようにソファのうしろに回り、手をポケットに突っ込んで鮫谷に背を向けた。

背を向けることが、負けを認めたと同じだとわかっていて。

「……父が、何者かに刺された。今日の会合には出られない」

少しのあいだ言い渋ったあと、背を向けて壁にかけられた時計に視線を置きながら、小さく言葉を漏らした。これしか、方法がない。

すると、鮫谷は見る見るうちに表情を変えた。笑みをこぼし、鮫谷も思わずソファから立ち上がる。

——勝った。そういった表情だった。

「………!」

それを見た奏一郎は、青い顔で隼人のほうを向く。しかし隼人は背を向けた状態で、身動きしない。

「歩けもしないボスのことをほかの組織に知られたら、鷲宮も終わりだ。一度なめられたら終わり……そういうものだということも知らないなんて。甘過ぎるんです、そんな弱みを部下に話してしまうとは……」

声に出して笑い、鮫谷はもう一度ソファに深々と座り、満足そうに口の端をつり上げた。

「隼人さんには、鷲宮の跡を継ぐ資格はありませんよ」

小さくつぶやいて、鮫谷は勝利の余韻を味わうようにつり目をさらに細める。

しかし、鮫谷の言葉を聞いた隼人は、ポケットに手を突っ込んだまま振り返った。

「……父は、歩けないんですか？」

「当たり前でしょう、刺されたんですよ？　ほかの組のボスもバカではない、さすがに悟られる」

深々とソファに座った状態で、鮫谷は眉をひそめる。なぜ、そんな当たり前のことを——鮫谷は不審そうに隼人を見上げた。しかし、隼人は臆せず鮫谷へ疑問をぶつける。

「おかしいですね……。以前聞いた話によると、父は昔、同じ目に遭ったそうです。そのときは怪我を悟られず、相手と喧嘩をして圧勝したとか」

「それは若いころのことだと聞いています。でも今回は怪我を隠すのは無理でしょう、だって足をやられて……、…………!!」

鮫谷はとつぜん言葉を失って、口を手で覆った。動揺した表情で顔を上げる。そこには、冷たい表情で鮫谷を見下ろす隼人がいた。

「……俺、言いましたか？　刺されたのが、足だってこと」

これしか方法がない——焦ったような演技で追い込まれたふりをして、鮫谷が尻尾を出すことを待っていた。罠《わな》にかかった獲物を逃さないよう、睨むように鮫谷を見据える。

父に怪我をさせた人間が、だれの部下かはっきりする証拠が手に入りさえすれば、鮫谷を追い込むことができる。しかし、鮫谷は用心深い男だ。もとよりその人間の素性を割り出すことは、あきらめていた。

そうなるとあとは、命令した本人から聞き出すしかない。

父の勢力が未だ強い鷲宮の現状であれば、父や隼人の弱みを覆すくらいの、鮫谷の弱みを握り返してやれば、あとは簡単だ。

鮫谷は、顔をしかめて隼人を睨む。初めて見る表情だった。隼人は畳み掛けるように、手をポケットから出して、手に持っているものを鮫谷に見せる。

それは、録音がオンにされた小型のボイスレコーダーだ。

「あとで、言った言ってないの揉《も》め事になるのもいやだったので。普段から、こういったものは携帯しているんです」

「…………っ……！」

思わずソファから立ち上がり、鮫谷は絶句して顔が真っ青になる。ぶるぶると両腕を震わせて、なにか言いたげに口を開く鮫谷を見て、ボイスレコーダーを持つ手を下ろす。

しかし鮫谷は、男に腕を摑まれて様子を見守る奏一郎に視線を移した。そして、なにか思いついたように少しだけ笑う。

「……そうですね。油断した私の負けです」

ゆっくりと歩き、奏一郎のほうに近寄った。そして、奏一郎のワイシャツの襟を掴み、顔を上げさせる。

「あなたは本当に甘い人ですね。それをボスに聞かせるのであれば、うちで預かっているこれの対処についても考えなければいけない」

「………！」

奏一郎は悲痛な顔で鮫谷を見て、目をぎゅっとつぶり顔を横に振った。鮫谷が余裕を取り戻したように笑みを浮かべ、なにか言いたげな奏一郎の猿轡を外す。奏一郎の声を聞かせて、隼人をさらに追い詰めようとしているようだった。

それに気づかないくらい必死な奏一郎は、泣きそうに顔を歪めて鮫谷のほうを見上げて叫んだ。

「っ……だから俺は、鷲宮さんとは関係ないって言ったでしょう……！」

自分に利用価値がないと知らせなければ、隼人が追い込まれる。奏一郎は必死に、鮫谷へ訴えた。

しかし、鮫谷はそれを無視して隼人のほうを見る。

「どうします、隼人さん。あなたが決めてください」

奏一郎のワイシャツの襟を掴んだまま、鮫谷は隼人のほうに視線を移す。隼人が奏一郎を、見捨てるわけがない。そう確信しているように、鮫谷は口の端をつり上げた。

しかし、隼人は動揺する様子も引き下がる様子もなく、鮫谷を睨むように強い目で見据えた。

「……そいつは、あなたの会社のものじゃない」

隼人が低い声でつぶやいた言葉に、鮫谷は摑んでいた奏一郎のワイシャツの襟を離してしまう。

「兎嶋、いるんだろ。入ってこい」

そろそろ、決めていた時間だ。鮫谷を見据えたままつぶやくと、部屋のドアが開く。そこには案の定、派手な金髪で眼鏡をかけた兎嶋が立っていた。

「すみません、お姉さん脅して入らせてもらいました」

となりで青い顔をしている受付嬢の肩を抱いて引き寄せ、にこにこと笑う。兎嶋は業界でも有名ないわゆる「怖い」人間で、しかも今は鷲宮の長男つきの用心棒だ。いくら受付嬢が断ろうとしても、それは叶わない。可哀相《かわいそう》なことに、受付嬢は兎嶋への恐怖で泣きそうな顔で震えている。あとで受付嬢が鮫谷から制裁を受けないようにするため、ここに入る際は脅すという形を取るよう兎嶋に指示したものの、やはり心が痛む。

兎嶋が受付嬢の肩を離して戻るよう手を振って告げると、受付嬢は鮫谷へ頭を下げ、逃げるように去っていった。

「……兎嶋」

「はい、どうぞ」

隼人が呼ぶと、兎嶋はスーツの内ポケットに隠し持っていた二枚の紙を取り出して隼人へ渡した。それを左手で受け取り、鮫谷に見せるようにかざした。

「？　それは……、…………!!」

見るまに鮫谷は顔色を変えて、その紙を隼人から奪い取った。まじまじとそれを見つめ、顔を青くしてぶるぶると震え出す。

その二枚の紙は、奏一郎の伯父が契約した借金の借用書だ。

片方は鮫谷の金融会社の名義で書かれたもの。もう片方は――鷲宮が経営する直属の金融会社名義のもので、書かれた金額はそれほど大きなものではなかった。借りた日付が同じで、伯父の筆跡もほぼ同じだというのに、名義と借りた金額がずいぶんちがう。

今日、相談があると言われ訪れた先で、部下が怯えて泣きながら渡してきたものが、鷲宮名義の本物の借用書だった。

『ずっと、裏切ったことが怖くて、でも言ったらボスに消されると思って……ッ』

鮫谷に脅され、自身が働く金融会社から本物の借用書を持ち出し、それを鮫谷へ渡したと部下は言っていた。どうやらそれに細工を施して鮫谷の金融会社から借りたように見せかけ、しかもそれほど大きな額ではなかったのに、本来の額よりも多く記載し騙して奏一郎を縛りつけ、利用した。

鷲宮への裏切りが怖くなりひどく後悔していた部下が、時折視察に訪れて、優しく話をしてくれた隼人に真実を吐露したことで発覚した事実だった。

もう片方の、鮫谷が細工した偽の借用書は、兎嶋が探し出してきたものだ。

「……本物がどちらなのか、見ればすぐにわかります。しかも本物の借用書の金額を見ると、彼はつい先日、借金を払い終えたことになる」

「えっ……」

隼人の言葉を戸惑いつつ聞いていた奏一郎は、それを聞いておどろいたように声を上げる。

父に送られてくる、鷲宮の各事業からの報告書をすべて確認していた隼人は、一週間前、奏一郎が行方不明になる日に、鮫谷の金融会社が持つ口座へまとまった金額を入金していた記録を見つけていた。その金額を合計すると、ちょうど本物の借用書に記載された、利子を含めたすべての金額になった。

早く借金を返そうと、隼人からの指名以外にも店でこつこつと清掃や調理などの仕事で稼ぎ、それ以外にも日中にはアルバイトをして貯めていたお金で、奏一郎は伯父の借金を返し終えていたのだ。

鮫谷に近づき、震える手で持っている借用書二枚を取ると、隼人は冷たい表情のまま鮫谷へ向かって告げた。

「それに彼は、俺個人への借金がまだ残っている。……彼の処遇については、俺に決める権利がありますよね？」

隼人が店で奏一郎のために払った金額を隼人への借金として返すと、いつの日か約束した。

「…………っっ」

隼人の言葉を聞いて、鮫谷は崩れ落ちるようにその場へ座り込んだ。どちらが上か、はっきりさせる——借金の名義の偽装や、父を刺すよう命令した証拠を前に、鮫谷は負けを認めざるを得なかった。

鮫谷の陥落を見届け、隼人は視線を奏一郎へ移した。

「……退け」

やり取りを見て呆然としていた鮫谷の部下の男を睨むと、男はあわてて奏一郎の体から手を離してわきへ避けた。

両腕を縛られたままでバランスを崩した奏一郎を、すぐに駆け寄り受け止める。温かい奏一郎の体温に、安堵した。助けることができたんだ。抱きしめたい衝動を抑え、兎嶋に奏一郎を預け、先に部屋を出るよう伝える。

兎嶋が奏一郎を連れて出ていったことを確認すると、座り込んで呆然としている鮫谷のほうへ向かい、見下ろした。

「……どうぞボスに、報告してください……」

絶望したように引きつり笑いをして、鮫谷はそれ以上なにも言わなかった。体を恐怖で震わせている。それもそのはずだ。鷲宮のボスである父が鮫谷の裏切りの証拠を知れば、いったいどのような処遇が待ち受けているか――これまで何度も、鮫谷は見てきたはずだ。

隼人は無言で鮫谷の前にしゃがみ込んで、片膝をつく。ぎょっとして鮫谷が体をそらすと、冷たい表情を柔らかくして、にこりと笑った。怖ろしいくらいの、作り笑いで。

「俺のかんちがいだったんです。もとからなにもなかった。……ですよね？」

「………!!」

笑顔でそう伝えると、鮫谷は口の端をぶるぶると震わせて歪ませながら、深々と会釈をした。

鮫谷は、うなずかざるを得ないことを理解していた。ここで鮫谷の企みが公に出て父に証拠を掴まれれば、父に落とし前をつけさせられるか、追放だ。怪我どころでは済まず、消される可能性もある。それに、鮫谷に制裁を受けさせたとしても、残った反対勢力がまた力をつけて鷲宮を狙ってくる。だったら反対勢力のボスである鮫谷の弱みを握って、その勢力そのものを黙らせてしまえば、内部抗争も起きず、他の組から付け込まれる危険もとりあえずは回避できる。

そして、もうひとつ理由があった。鮫谷に借りを作らせて黙らせることで、奏一郎に手出しができないようにしておきたい。

鮫谷が従ったのを確認し、立ち上がる。部屋を出てドアを閉めると、人気がない廊下では、ふらふらのまま隼人を心配そうに見ている奏一郎の肩を抱きつつ、兎嶋が隼人を見つめてにやにやと笑みを浮かべていた。

「……なに笑ってんだ」

奏一郎の肩を抱き寄せ、兎嶋から離させる。じとりと兎嶋を睨むと、兎嶋は満足そうに両手を合わせた。

「やっぱり隼人さんには、鷲宮が一番お似合いです。自分でもそう思ってるんでしょう？」

兎嶋の言葉に目を見開き、ため息ついて視線をそらした。

「……そうかもな」

嘘でもなく、ぼそりとつぶやく。それを聞いて、兎嶋は嬉しそうにしながら、「車を用意してきます」と言い先にエレベーターで降りていった。

「は、……隼人……」

戸惑ったような声で呼ばれて、腕の中の奏一郎を見下ろす。奏一郎も同じように隼人を見上げていたようで、至近距離で視線が合った。とたんに、奏一郎は息を飲んで無言になる。

隼人の弱みを聞き出そうと鮫谷の部下から暴行を受けた奏一郎は、痛々しいほどに顔や体に怪我をしていた。切れた口の端に滲む血を優しく拭うと、奏一郎は一瞬目をつぶる。ゆっくりと瞼《まぶた》を開けた奏一郎と、再び目が合う。奏一郎の頬が、ほんのりと赤みを帯びた。

「………っ」

愛おしい気持ちが溢れて、たまらなくなった。この手でまた、奏一郎に触れられたことが嬉しくて、無言で奏一郎を両腕で強く抱きしめた。伝わってくる体温も、自分と同じくらいの速さで高鳴る心臓の鼓動も、今、自分の手の中にある。冷静なようで、ずっと心は嵐のように昂っていて、おかしくなりそうだった。奏一郎を失ってしまったら——そう思うだけで、苦しくてしかたない。

「はや、と……っ」

奏一郎の両手が、隼人の背に触れた。その両手は震えていたが、すぐにぎゅうっと強く隼人を抱きしめる。そのとき、同じ気持ちになれたと錯覚したくらい、隼人に抱きつく奏一郎の両手は力強かった。

少しのあいだ、縋《すが》るように互いを抱きしめた。

怪我をしている奏一郎を手当てするため、近くのホテルまで連れていった。本当は医者に見せたかった。しかし、屋敷に連れ帰って医者を呼ぶには夜の会合まで時間がなかったし、父に見つかれば鮫谷のことも追及される。幸い大きな怪我はしていない様子だったため、近くのホテルで応急処置をすることに決めた。

兎嶋はホテルの前で隼人と奏一郎を降ろすと、『ボスに報告して待ってますね』と話して車に再び乗り込んだ。なにをどう報告するのか確認しようとすると、兎嶋はそれに気づいたのか、含みのある笑顔をする。

『今、僕の一番のボスは、隼人さんですよ?』――ボス至上主義であった兎嶋の心変わりが気になるが、父へうまく説明しておくつもりでいるのだろう。

兎嶋はおそらく大丈夫だ。しかし、それよりも危ない状況に陥っていることを、部屋に入ってからようやく気づいた。

「……どうしたの?」

シャワールームから、タオルを首にかけて湯気を立たせながら出てきた奏一郎が、隼人へ話しかけた。ソファに座り悶々《もんもん》と考え事をしていた隼人は、ハッとして奏一郎のほうを振り返る。手当てをしたあとにホテルを出る予定だったため、近くの店で適当なシャツとズボンを買って、渡していた。それを着た奏一郎が、遠慮がちにシャワールームから出てくる。湯を浴びて傷が開き、血が滲んだ口の端や、シャツの隙間から覗く青痣が、痛々しい。

そして——。

ドライヤーで乾かしたばかりの焦げ茶色の髪は、少し水気が残っている。ぽたりと首筋に落ちる水を、隼人は見ないふりをして奏一郎を手招きした。

「……怪我、手当てするから」

「あ……、……はい」

戸惑いつつ、思わず敬語で返事をしてしまう奏一郎は、それすら気づかないくらい緊張した様子で素直に隼人のそばに歩いていった。怪我をした傷が痛むのか、左脚を少し引きずっている。ソファに座る隼人の前におずおずと立つと、隼人の次の言葉を待つ。そして、すぐにハッとしたように固まった。

「じ……自分でやるよ」

「え？」

「隼人はすぐこのあと用事があるんだよね？　あとは自分でなんとかするから……！」

ぼんやりしていたとはいえ、隼人に手当てしてもらおうと自ら近寄ったことが恥ずかしかったのか、奏一郎はカーッと顔を赤くして、後ずさりをする。しかし奏一郎の怪我は広範囲で、自分で手当てするのは大変だ。そして手当てするついでに、医者に見せなければいけないくらいの怪我はないか、どれくらいやられたのか確認しておきたかった。隼人はソファから立ち上がり、奏一郎を引き寄せようと左腕を伸ばす。

「おい、俺がやってやるから」

「だ、大丈夫だよ、だから……わあっ⁉」

案の定、奏一郎は足を絡ませて床に転びそうになる。奏一郎の手を摑み、引き寄せて立たせる。

「次の予定までまだ時間あるから、俺が手当てをする」

隼人にそう諭されると、奏一郎はようやく大人しくなり、小声で謝った。

「ご……ごめん。お願いします……」

よし、といった表情で奏一郎を見てうなずき、今度は奏一郎をソファに座らせた。テーブルに準備してあった救急箱を取ろうと、奏一郎に背を向ける。

「……隼人」

うしろから奏一郎の声が聞こえて、振り返った。目が合うと、奏一郎はすぐに視線をそらして、おそるおそるといった様子でつぶやく。

「こないだのこと……ほんとにごめん。あんなこと言って……」

きっと隼人を拒んだときのことで、ひどいことを言って傷つけたと思っているのだろう。しかしあれは、自分にも非があったと考えていた。

愛おしくてしかたない気持ちを押しつけて、奏一郎の気持ちも考えず、そうすることで奏一郎を救えると思い込んでいた。幼くて、一方的な行動だった。

「いや……俺のほうが悪かった」

隼人も小さくつぶやいた。そして、決意したような強い瞳で、奏一郎を見つめる。テーブルから離れ、奏一郎が座るソファに近づいて膝をつく。おどろいている奏一郎を少しだけ見上げて、片手で奏一郎の頬を撫でた。

「俺が言ったことは、本当の気持ちだ。でも、奏一郎はきっとそうではないだろうし……俺が奏一郎と一緒にいることで、今回みたいな目に遭わせる危険だってある。だからこのまま、前みたいなただの友人に戻ればいいんだって、わかっている」

奏一郎から離れることが正解だと、頭では知っている。大事な人を自分の事情に巻き込んで、そして傷つけてきた父と同じことを、したくない。したくないのに、奏一郎と離れる未来が想像できない。

いつかは忘れたが、幼いころのことだった。月に一回だけ、母に連れられて訪れる屋敷。広い和室で離れた位置に座り、父と母はほとんど会話をしない。父は窓を少し開け、たばこを吸いながら外を眺めていた。それを横目に見ながら、絵本を読む優しい母の声を聞いていた。絵本を読み終わると、母は自分を連れて屋敷の裏口から出た。

ふと振り向くと、窓を少し開けたまま、こちらを見ている父がいた。

父はもしかしたら、本当はちゃんと母を愛していたのかもしれない。それを知っていたからこそ、母は父のことを最期まで大事にしていたのかもしれない。

手を伸ばして、奏一郎を抱き寄せる。奏一郎の首筋に顔を埋めて、瞼を閉じる。

「わかっているんだけど……でも、やっぱりどうしても、奏一郎をあきらめられないんだ」

十年前、奏一郎と一緒に歩いた帰り道。自分を偽って生きて、父への恨みだけでなにもできない情けない自分を、大切にしてくれたこと。拒んだというのに、それでも笑顔で手を引いてくれたこと。

自分と一緒にいる未来を、想像してくれたこと。

愛おしくてしかたなくて、この気持ちを捨てられなくて苦しんだ。それでもやっぱり好きだ。

「………」

隼人の言葉を静かに聞いていた奏一郎が、ゆっくりと隼人の手に触れた。また拒まれるかもしれない。そう思っていたが、それはちがった。予想していた反応とはちがう行動をする奏一郎に、思わず体を離した。

それでも奏一郎は隼人の左手をぎゅっと摑んで、固く結んでいた口を、おそるおそる開く。

「……終わりにしようと思ってたんだ。このあいだ、お金を振り込んだとき」

「……え？」

自分の気持ちを言葉にすることが苦手な奏一郎は、たどたどしく、言葉を探しながらつぶやいた。

「……こうして一緒にいるところをだれかに見られたら、また隼人に迷惑がかかるかもとか……こないだあんなことを言ってしまって、会わせる顔がないとか……いろいろ考えてしまうんだ。でも、こんな情けない自分を終わりにして、もう一回やり直して……それから、隼人と一緒にいられるような、自分になりたいっ」

素直にそう伝えて、奏一郎は隼人を見つめる。泣きそうに潤んだ瞳には、とつぜん告げられた奏一郎の気持ちに動揺している自分が映っていた。

隼人のほうから奏一郎の手を握り直して、ゆっくりとソファに座ったままの奏一郎の体を引く。奏一郎は大人しく体を少し屈《かが》めて、隼人と視線を合わせた。手を離し、奏一郎の襟足にその手を添えて、確かめるように優しく頬にキスをした。

「………っ……」

隼人がしようとしていることに気づいたのか、奏一郎はおずおずと両手を隼人の肩に置いて、隼人を見下ろす。そして、今度は奏一郎から、隼人にキスをした。

たどたどしく、唇が触れる程度のそれは、ふたりにとっての初めてのキス。

「………！」

立ち上がり、ソファの肘掛けに手を置いて、隼人は奏一郎を囲うように見下ろす。そして、見上げてきた奏一郎をソファの背もたれに押し倒すようにして、今度は隼人からキスをした。

「……ん……っ……」

何度か唇を合わせて、口づけをする。緊張したように固く閉じている奏一郎の唇を、舌で優しく舐《な》めると、奏一郎がぎゅっと隼人の服を摑んだ。

「……奏一郎」

「んん……？」

少しだけ口を離して名前を呼ぶと、奏一郎も赤くした顔で隼人を見上げた。

「ちょっと……口、開けて」

「…………え!?　あ……ごめん……っ」

慣れていないためか、奏一郎が口を開けそうにないので言ってみると、とたんに顔を真っ赤にして謝った。そして、どうぞと言わんばかりに口を少し開き、恥ずかしいのかぎゅっと瞼を閉じている。

……逆にやりづらい。

思わず吹き出してしまうと、奏一郎はすぐに目を開いて、なにかまちがったのかと困っている。その髪を撫でると、奏一郎はまた隼人と視線を合わせた。

「普通にしてていい」

そう言って、奏一郎の唇にキスをする。しかし、奏一郎もなんとか隼人の気持ちに応えたいと、今度は言われた通りに少しだけ口を開く。その唇を優しく舐めて、今度は深く口づけをした。

「……ん……ぅ……っ……」

息継ぎができるようなタイミングを与えながら、何度もキスをする。舌をなぞると、奏一郎は体を強張らせて反応した。

「っは……はぁ……」

ようやく口を離すと、奏一郎は力が抜けたようにソファの背もたれにぐったりと体を預け、呼吸を整えた。その奏一郎を見下ろして、はあ、と息をつく。

「……あの」

見上げて、奏一郎は言いよどみながらも小さい声でつぶやいた。

「隼人も……普通にしていいよ。俺、男だし……けっこう丈夫だから」

自分に遠慮しているのかもしれない——そう思ったのだろうか。たどたどしく言いながら、奏一郎は隼人へ遠慮がちに笑いかける。実際、慣れていない上に怪我をしている奏一郎のため、ゆっくり解していこうと考えていた隼人は、その言葉に煽《あお》られて、体がじわじわと昂る感覚に襲われる。衝動のままに襲いそうになる自分を抑えて、奏一郎へ微笑んだ。

「俺が、大事にしたいんだよ」

隼人にそう言われ、奏一郎は頬を赤くした。言われ慣れない言葉に、戸惑っているようだ。

奏一郎を抱き起こして、近くにあるベッドに連れていき、座らせる。そのまま押し倒して、今度は首筋に顔を埋めた。

「………ッ」

軽く甘噛みすると、案の定奏一郎は甘い声を漏らした。それが可愛くて、何度も甘噛みし舌でなぞると、びくびくと体を震わせて隼人の体にしがみつく。

「ひ……や、……そこ……んん……っ」

しつこかったのか、奏一郎は顔を背けて隼人の体を押してやめさせようとした。しかし、ここまで来ると引き下がれない。その両手を掴み上げ、もう片方をベッドについて奏一郎を囲うように見下ろした。

「好きにしてって、自分で言ったろ」

「そ、そんなこと言ってないよね……!?」

一瞬、自分が言ったかどうか思案し、すぐにハッとして隼人をじとりと睨んだ。それを満足げに見下ろした。シャツのボタンに触れて、それを外す。少しだけ開くと、肌に浮かぶ痛々しい青痣が数ヶ所、目に入る。触れるようにそこを撫でると、奏一郎は顔を歪め、掴まれている両腕を強張らせた。

「……痛かったか？」

聞くと、奏一郎は顔を横に振った。本当は痛かっただろうに、それを言おうとしない。

「だ、大丈夫だから……隼人と、……ちゃんとしたい……っ」

隼人がやめようとしているように見えたのか、奏一郎は必死に言った。

「……っ」

ぞくぞくと鳥肌が立って、体が熱くなるのを感じる。セーブしながら、ゆっくりと優しく抱きたい
——そう思っているのに、いとも簡単にそれを崩される。

「……じゃあ、ちゃんとしてやる」

奏一郎の両手を離して、身につけていたネクタイを緩めた。それを外してベッドの外に投げ捨てる。そして、奏一郎の着ていたシャツをさらに開く。青痣のほかに胸の突起が露わになり、今度はそこを指の腹で撫でた。

「あ……っ」

性感帯である首筋をさんざん甘噛みしたあとだからなのか、ここを撫でるだけで奏一郎は反応してしまう。体を震わせる奏一郎が可愛くて、何度も突起を指で摘み、刺激を与える。

「う……ん……っはぁ……」

甘い声に誘われて、自分の体まで熱くなっていく。

信じられない。まさか、ずっと想っていた相手に受け入れられて、体を重ねようとしていることが。

愛おしくてしかたない相手と、こうして同じ気持ちでひとつになることができるなんて。

奏一郎の首元に顔を近づけて、赤く痕を残すように首筋や鎖骨に何度も口づけをする。突起から指を離して、するすると脇腹を撫でると、奏一郎はまた肩を震わせる。そのまま穿《は》いていたズボンのファスナーに触れて、ゆっくりと下ろした。手を挿し入れ、下着ごとズボンをずり下ろす。

「ん……あっ」

少し勃ちかけていた奏一郎のそれに触れると、先走りに濡れているのがわかる。触れたとたんに奏一郎は隼人の手を摑み、止めた。

「ま……待って、今触られたら……っ」

「……我慢しなくていい」

すでに達しそうだったのだろう、奏一郎は隼人の腕を摑んで触るのをやめさせようとする。しかし、腕を摑まれても気にせず奏一郎のそれに触れ、手で包み込んだ。撫でるように裏筋を指で擦り、潤滑油代わりといったように溢れてくる先走りをすくい、馴染《なじ》ませるように奏一郎のそれを愛撫する。

「や……っあぁ……う……ッ」

淫猥な音を立てて扱《しご》くと、それは勃ち上がる。両足を曲げて体を縮こまらせ、奏一郎は湧き上がってくる射精感に耐えるように目をつぶった。

それでも耐えきれずに、奏一郎はいとも簡単に達してしまった。足の指先を痙攣させ、背をそらして奏一郎は全身に巡る感覚に耐える。

「っ……はぁ……」

くたっと体をベッドに預けて、奏一郎は呆然としたように息をついている。潤んだ瞳、熱が籠り耳まで赤くなり、とろけた表情。どれもすべて、隼人を刺激する。隼人は体を起こして、着ていたワイシャツを脱ぎ捨てて上半身を裸にした。熱が籠った体は汗が滲み、苦しいくらいに下半身は疼く。

「あ……！」

奏一郎の腰を支え、自分のほうへ引き寄せる。ベッドに体を預けている奏一郎の腰を自分の太腿に乗せて、片足を上げさせた。なにをするのか理解した様子の奏一郎は、ふいっと視線を横に向ける。顔を赤くさせて眉尻を下げ、恥ずかしくてしかたないといった表情をしているというのに、それでも隼人を受け入れようと、おずおずと上げられた片足を手で支える。

たったそれだけで、隼人の理性は崩されていく。

「……ぅ……ん……っ」

奏一郎の先走りに濡れた指で窄まりに触れると、奏一郎は声を上げる。ゆっくりと固く閉じられたそこに指を挿入していく。探るように奥へ這入《はい》っていくと、奏一郎は背をそらしてそれに耐えようと唇を噛んだ。

「奏一郎……、噛むなよ」

「ふ……、……あぁ……っ！」

隼人に言われて唇を薄く開き、意識して唇を噛まないよう耐える。代わりに感じるたびに声が漏れ、奏一郎は自分の声におどろいて口を片手で覆った。それに気づいた隼人は、笑った。

「……遠慮しないで、もっと鳴いていいぞ」

手で口を覆ったまま、奏一郎はめずらしく眉尻を上げて隼人を睨むように見上げる。睨むといっても、目尻に涙を溜めているためか、迫力はない。

奏一郎が口を手で覆いつつ声を耐えるなか、中を解すために指を増やしていく。恥ずかしくてしかたないといった様子だというのに、隼人を受け入れたいという気持ちからなのか、もう片方の手で自分の太腿を支え続けようとする。しかし、その手は隼人が指で奥を突くたびに痙攣して、なんとか支えているといった様子だ。わざとらしく音を立てて解すと、奏一郎は瞼を閉じてさらに体を緊張させる。

「っはぁ……」

だいぶ解れた中から指をゆっくり引き抜くと、奏一郎もようやく手を離して目を閉じ、ぐったりと体から力を抜いていた。自分の手によって乱れ、華奢な体を熱に侵された奏一郎の姿を見下ろす。思わず、隼人は生唾を飲み込んだ。優しく、ゆっくり——初めてはそうしてやりたいと決めていたのに、隼人の昂りは熱を増していて、息苦しさに息をつく。

本当は今すぐにでも、奏一郎の中を犯したい。だが、焦って傷つけることはしたくない。葛藤していると、ぐったりしていた奏一郎が目を薄く開ける。

「隼人……？」

かすれた声で話しかけられ、興奮で熱い体を抑えつつ、奏一郎を見下ろす。

「……痛いことはしないから、安心してろ」

冗談ぽく奏一郎に言って、もう一度深めに息をついた。それを見ていた奏一郎に、とつぜん両腕を伸ばされ引き寄せられた。隼人は大人しくそれに従う。奏一郎の肌が、隼人の体に触れる。直接触れ合う肌が、とても熱い。同じ鼓動の速さを感じて、隼人は顔を上げた。額がつきそうなほどの距離で、奏一郎は少しだけ笑顔を見せる。

「ほんとに、大丈夫だから」

心地よい心臓の鼓動が、伝わってくる。受け入れられるようにはできていないそこを暴かれるなんて、きっと奏一郎は、本当は怖いのだろう。そう言いながらも、隼人の背に遠慮がちに添えられた両手は少しだけ震えていた。それでも、大丈夫だと伝えようとするためなのか、奏一郎は隼人の体を抱きしめた。

「ん……っ」

傷に当たったのか、奏一郎は体を強張らせて呻くが、それでも隼人から離れようとしなかった。

「お、俺も……隼人と同じ気持ちだよ。ちょっとくらい痛くても、ちゃんと隼人と繋がりたい……」

素直に、奏一郎は隼人の耳元で掠れた声でつぶやく。体の芯まで痺れるほどに、甘い声が響く。

「……奏一郎………ッ」

溢れる感情や欲求がせき止めきれず、名前を呼んだ。もう止められなかった。

奏一郎の襟足を片手で支え、夢中でその熱い肌に舌を這わせた。もう片方の手で自分のベルトを外し、ファスナーを下ろして昂りを取り出す。性急に奏一郎の片脚を上げさせて、先ほど解した窄まりにそれをあてがった。

「あ……っ……」

指とはちがい、とても熱いそれにおどろいたのか、奏一郎は声を上げる。それでも逃げようとせず、隼人に抱きつく腕に力を込めた。

奏一郎の太腿を抱え、ゆっくりと窄まりに昂りを埋めていく。

「は……っ、あ……ぁう……っ」

襟足を支えられた状態で顔を上げて、奏一郎は喘いだ。内壁を擦る熱くて大きいものを、体は受け入れられるようにはできていない。腹の圧迫感と、前立腺を刺激する快感に、奏一郎は呼吸がうまくできないようで、不規則な呼吸音が耳元を掠める。

「奏一郎、ちゃんと息しろ」

「ひっ……んん……ッ」

少し体を起こして奏一郎の両手を離させ、その顔を見下ろす。生理的な涙を一筋流して、奏一郎は顔を真っ赤にしてようやく息を大きく吸う。それを確認して、隼人はさらに奥へとゆっくり自身を埋め込んでいく。奏一郎はシーツを強く握りしめて、その圧迫感と刺激に耐えているようだ。

「ん……っは……」

奥まで挿入すると、奏一郎は体から少しだけ力を抜いた。呼吸を整えようと、肩をゆっくり上下させている。

襟首を支えていた手を離して、その指で奏一郎の頬を流れる涙を擦った。虚ろだった奏一郎の瞳が、隼人を見上げる。そして奏一郎は、はあ、と大きく息をした。

「……体、起こすぞ」

「え……わっ」

奏一郎の背に手を回して、体を起こさせる。中に挿れたままで、動かすたびに奏一郎はびくびくと体を震わせて反応する。それでも隼人の誘導に合わせて、体を起こす。

対面で腰の上に座らせるような体勢にして、奏一郎の腕を引いて自分の体に寄せると、刺激に耐えるように奏一郎はぎゅっと強く抱きついてきた。その華奢な腰に手を据えて、支えてやる。

「……っ……ん……」

ゆっくりと奏一郎の腰を落とさせて、昴りを奥に挿入していく。熱い中へ奥深く侵入していく感覚に体の芯が痺れるように反応して、眩暈がしてくる。乱暴に、欲求のままに突いてやりたい――そんな衝動に駆られるが、歯を食いしばり耐える。ゆっくり大事に、宝物を扱うように優しく奏一郎の髪を撫でた。

再び奥まで挿入させ、抱き寄せていた奏一郎の体をそのままに、少しだけ腰を揺すった。

「うあ……！」

奏一郎が、声を上げて反応する。どうやら前立腺に当たったようで、奏一郎のそれも反応し先走りが溢れる。

「だめ……それ、……ああっ」

揺するたびに内壁に擦れて、昴りが刺激される。徐々に腰を突き上げる速度を上げ、わざと奏一郎が一番反応するところを突いた。

「っはあ……んん……！」

腰を震わせて、奏一郎は隼人の体に抱きついて喘いだ。奏一郎の腰を片手で支え、律動を速める。それに合わせてベッドが軋《きし》む音が、室内に響き渡った。

「……奏一郎……」

抱かれて喘ぐ奏一郎の顔が見たくて、少し体を離す。名前を呼ぶと、隼人の腰の上に乗せられて揺さぶられる奏一郎が、両腕から力を抜き隼人のほうへ顔を傾けた。

頬を赤くして瞳を潤ませ、初めて感じる感覚に耐えている。それでも、先ほど隼人に言われたことを守り、唇を嚙まないようにと薄く開いていた。

「ど……したの、隼人……？」

とつぜん体を離され、ぼんやりした目をした奏一郎は、動揺したようにかすれた声で隼人に話しかける。そして、すぐになにか感づいたような表情をして、おろおろと身動きしはじめる。

「わっ……おい、動くな……！」

「ご……ごめん……俺ばっかりよくしてもらって、なにしたらいいかな……っ」

初めて暴かれるそこは、もちろん気持ちよさだけではなかったはずだ。それでも、隼人がゆっくり大事に抱いていることで、奏一郎は初めてだというのに気持ちよさを感じることができたのだろう。

よかった。安堵して、上半身を動かす奏一郎を止めようと、挿入したまま奏一郎の襟足を片手で支えて、引き寄せる。そして、唇を合わせた。なぞるように唇を舐めると、奏一郎はようやく動きを止めておとなしく従う。

「ん……っ」

薄く開いた唇に舌を入れて、探るように深くキスをする。体を仰け反らせて、無意識に逃れようとする奏一郎の腰や襟足を支える手に力を込めてしまう。逃がさないように、舌を合わせて貪るように口づけをした。

ようやく唇を離すと、奏一郎は蕩けた表情で顔を横に背けた。したこともないような深いキスに、どう反応したらいいのかわからないといった表情だ。それを眺めて、隼人はにやりと笑みをこぼす。

「初めてなのに、そんなによかったのか」

「……っ！」

自分の発言を思い出した奏一郎は、口を噤《つぐ》んだ。先ほど、とんでもなく恥ずかしいことを口走ったことに、今さら気づいたらしい。

「ち、ちがう。いやあんまりちがわないけど……や、そうじゃなくて……」

言い訳を探して、奏一郎は顔を真っ赤にして横に振る。話すたびに墓穴を掘って、奏一郎はなにも言えなくなって困ったように視線を泳がせた。その様子があまりに可愛くて、思わず吹き出して笑ってしまう。

「……気持ちよくなってくれれば、それでいいから」

奏一郎へ優しい笑みを向けて、もう一度その襟足を支えて体を引き寄せる。今度はその首筋に顔を埋めて、赤く痕が残ったそこに、優しく舌を這わせた。舌の感触に、奏一郎は腰を震わせる。その衝撃で、少しだけ内壁が擦れてしまう。

「ふぁっ……」

体勢を崩しそうになり、奏一郎は隼人の足に片手を置いてバランスを取る。もう片方の手で隼人にしがみつき、なんとか落ちないよう必死に耐えているようだった。

「隼人っ……首は、だめだってば……っ」

さんざん首筋を舐《ねぶ》られ、そこが弱いことにようやく気づいたのか、奏一郎は体をそらして隼人の舌から逃れようとする。それを逃がさないように、襟足を押さえて首筋に唇で触れた。びくびくと内壁が痙攣し、隼人のそれを刺激する。はあ、と深く息をついて、首筋を甘噛みしながら腰を動かす。頬に汗が伝わり、また興奮が高まっていくのを感じた。

「はあ……っ！　や……ぁう……ッ」

体の芯が刺激され、徐々に律動を速める。優しく、ゆっくり——そうしようと思うのに、体は止められない。

首筋を噛まれ、華奢な体を突き上げられて、奏一郎は苦しそうに息をつきながら甘い声を上げた。

「っ……ん……あ、……はや……と……っ」

ぐらぐらになった理性をなくさないよう耐えているのに、その声に名前を呼ばれるだけで、押し寄せる欲求に隼人は崩されそうになる。思わず奏一郎の体を強引にベッドへ押し倒し、両脚を抱え上げてさらに深く挿入した。

「ひ……ああ……っ！」

限界に達したのか、奏一郎は背中を大きくそらして絶頂を迎えた。同時に奏一郎が力を入れたことで、昂りが刺激されてしまう。

「……ッ……奏、一郎……力抜け……っ」

背筋を走る衝撃に、隼人は耐えきれず腰を動かした。すると、達したばかりの奏一郎が体を大きく反応させる。

「ま、待って……！　う……動かないで……っあ……！」

奏一郎はシーツを強く摑んで、隼人の律動に耐えようとしている。しかし、絶頂を迎えたばかりで敏感になった体を熱い昂りに何度も突き上げられ、奏一郎はあられもない甘い声で鳴いていた。

淫らな水音やベッドの軋む音が、室内に響き渡る。夢中で、愛おしくてしかたないその体を抱いた。

「ひっ、あ……んん………っ」

二度目の絶頂を迎え、奏一郎はまた背をそらしてびくびくと体を震わせる。同時に窄まりが痙攣し、それに刺激されて隼人も奏一郎の中で達してしまう。

「……ッ……」

それと同時に、奏一郎はくたっと体をベッドに預けた。さすがに限界だったのだろう、力なく目を閉じて、何度も肩を上下させて呼吸を整えている。

余韻に浸るように深く息をついて、汗が滲む奏一郎の額にキスを落とす。そして、奏一郎を片手で抱き上げた。隼人もベッドに寝転んで背を預け、奏一郎の体を抱くように自分の上に乗せる。力なく、されるがままの奏一郎の背中に片手を回し、優しくさすった。

奏一郎の首筋には、隼人の甘嚙みの痕が赤く残っている。興奮して、やり過ぎたかもしれない。奏一郎の様子を見ようと、顎を引いて顔を上げさせる。奏一郎はおどろいて眉をひそめるが、少しの間のあと、ゆっくりと瞼を開いた。

「大丈夫か、奏一郎……？」

奏一郎はぼんやりとした目で隼人を見ると、顔を赤くさせて視線をそらす。

「う……うん」

慣れない余韻に、奏一郎は照れているようだ。その様が可愛くて、口の端を緩ませる。

「……隼人」

とつぜん奏一郎に、小声で名前を呼ばれた。奏一郎は両手をベッドにつき、腰が重いようだったが、それでも倒れることなく少しだけ起き上がる。そして、隼人を見下ろした。

視線が合うと、奏一郎は、ひさしぶりに穏やかな笑顔を隼人へ向けた。

「ありがとう、隼人」

十年前と同じ――いや、あのときとはちがう、愛しさも込められたような瞳で、奏一郎は隼人を見つめる。

隼人も起き上がり、奏一郎と向き合う。奏一郎の瞳はいつものぼんやりしたものではなく、強い色を秘めていた。

「俺、隼人と一緒にいたいんだ。そうなれるように、がんばるから……」

素直に話す奏一郎を見て、話の途中にも関わらず、たまらなくなって奏一郎の体を抱き寄せた。

──奏一郎の未来に、自分がいる。それがとても、嬉しかった。

奏一郎を抱きしめながら前を見据える。今夜、隼人は会合に鷲宮の跡継ぎとして出席する。他の組の人間がいる前でそれを明言すれば、もう引き下がれない。いや、すでに引き下がれないところまで来ていた。そうなれば、奏一郎とは簡単には一緒にいられなくなる。

しかしそれは、自分で選んだ道だ。決意は固い。

「……俺も、奏一郎と一緒にいたい。そうできる道を探したい」

恨んで、逃げてきた自分の血筋に向き合い、そして、それでも奏一郎と一緒にいたい気持ちをあきらめない。

獣のような爛々とした瞳をして、隼人は決意したように言葉を紡いだ。

11

窓の外に並んだ桜の木々は、あともう少しで咲きはじめるといった様子だ。夜の街灯に照らされた桜のつぼみは、徐々に桃色に染まりはじめている。まだつぼみだというのにあざやかで、見上げる人々を笑顔にさせる力がある。

腕を組みながら、三階にある事務所の窓からそれを見下ろした。去年も見たというのに、桜の色はいつ見ても綺麗だ。荒れそうになる心を穏やかにする。

「あの……は、隼人さん……」

怯え震える低い声が聞こえて、隼人は腕を組んだままその声のほうを見やる。目つきの悪い男ふたりが、テーブルの前で青い顔をしながら立ち尽くしている。うつむいて無言になり、なにを言われるのか緊張しているようだった。

それもそのはずだ。そのうしろには、黒いスーツの下に派手なピンクのワイシャツを着て、眼鏡の奥をぎらぎらとさせて男たちを睨む兎嶋の姿があった。口元は笑顔だが、目があきらかに笑っていない。

（連れてくるときは、優しくしろって言ったはずだろ）

腕を組んだまま、じとりと男たちのうしろにいる兎嶋を睨む。すると、男たちがびくっと体を震わせて身を強張らせた。どうやら、自分たちが睨まれたとかんちがいしたようだった。

まずい。これ以上怯えさせたらよくない。

ため息をつくと、組んでいた腕を下ろした。椅子にかけていたスーツの上着を取り、それを羽織って、男たちのほうへ体を向けた。爽やかな風貌で、優しそうな垂れ目の隼人は、カタギのころに培った営業用の笑顔を見せる。

「……急に呼び出して悪い。ちょっと、確認したいことがあって」

万人向けの笑顔を見て、男たちはほっとしたように肩を撫で下ろす。それでもかしこまった態度は変えず、両手をうしろ手に組んでいる。

「はい、なんでも聞いてください！」

男のうちひとりが、隼人のほうを見て大きな声を出す。最近入ってきた新入社員で、隼人が起業したばかりの鷲宮系列の子会社では貴重な人材だ。黒のスーツが似合う怖い顔をしているが、中身は素直で真面目ないい奴だと、この男を信用している。信用しているのはこの男だけではない。横に立つもうひとりも、信頼に足る男だ。

「先週、道端で同業者を脅かしている奴がいたっていう話を聞いたんだけど」

笑顔を崩さず、穏やかな声でつぶやくと、片方の男がびくっと肩を震わせ視線をそらした。

「あ、それ俺です！　うちのシマで、カタギ相手にこすい商売していているの見かけて、注意しておきました！」

新入社員の男が意気揚々と笑顔で語ると、片方の男が肘で小突く。素直で真面目なのはいいが、学生時代からの癖で乱暴に相手を扱ってしまうところが、この男の悪い癖だ。

にこにこと笑顔でそれを聞き、諭すように話しかける。

「そうか、それはいいことだ。でもな。優しく注意しなければダメだ」

「いや、でも……手は出していません！　ちょっと、胸ぐらをぐいってやっただけで……」

手振りでそれを表現する。それはあきらかに、手を出したというような動きだ。今回は通報されはしなかったが、たとえ相手が同業者だとしても、民間人の前で乱暴なことをしてしまえば通報されかねない。それだけではない。相手方から脅し返されることだってある。

事業拡大、極道でありながらも時代に即したまともな事業展開――父親を説得し、まずは自分の会社を作ってやってみろと言われ、ようやく子会社を設立した。しかし、現実はなかなか厳しい。もとより古い習わしを持った家だったため、一般市民へ危害を加えることはなかったが、同業者へはちがう。指導したって、こうして部下は力技で同業者をどうにかしようとすることが何度もあった。もちろん、相手の同業者だってそうだ。すべてが最初から、隼人の理想通りにはいかない。

しかたない。うつむいて深くため息をつくと、笑顔をやめた。そして、腕を組んで、顔を上げる。男を見据え、冷たい口調で話した。

「……それは、手を出したことになる」

隼人に見据えられ、ぎょっとした顔をして新入社員の男は固まる。

「少しでも手を上げれば、相手から法律という手で脅し返されることもある。そうしたら、お前だけの問題ではない。……わかるだろ？」

暴力はぜったいに振るわない。しかし、笑って解決できる問題だけではない。同業者や部下らに対しては、穏便に済ませることが難しい場合がある。それはどうしたってつきものだ。

「は……はいっ！　すす、すみません……っ」

冷たい目で睨むと、新入社員の男はぶるぶると震えて返答した。となりに立つ男も、同様に体を強張らせて緊張している。

そういうときは、こうして手は出さないものの、父と同じように言葉や表情で押さえてしまわなければいけない。自分のやり方で血筋と向き合っていくことを決めたが、なかなかに難しく、悔しいがまだそれだけの力を隼人は持ちえていない。

「……わかったならいい。自分を守るためにも必要なことなんだから、次から気をつけろ。今日は遅いし、そろそろ帰れよ」

男が反省した様子を見て、ようやく緊張を解いて笑顔に戻る。それを見て、ほっとしたように男たちは丁寧に礼をする。そして、兎嶋へも礼をして事務所から出ていった。

ドアが閉まると、兎嶋はくすくすと笑い出す。

「いやあ、やっぱり隼人さんはああいう感じが一番似合ってますよねえ。いつもあんな感じだったら、話はとっても早くまとまりますよ？」

「……そんなことしたら、俺を怖がってなにも報告できなくなるだろ」

「たまに怒られるってのも、なかなか怖いですけどね。本当、面倒くさいことしますね、うちのぼっちゃんは」

兎嶋は暗に、「早く父親と同じようにやれ」と言いたいのだろう。それを無視して、腕を組んだまま窓に体を傾け、夜の街灯に照らされた桜を見下ろす。

隼人の決意は固かった。それは、父から受け継ぐ鷲宮の家業を時代に即したものにして、大きく展開していくためだけではなかった。一年半前にした、奏一郎との約束を守るためでもあった。

父には仕事のことだけではなく、奏一郎のことも伝えてある。いずれ言うのであれば、いつ話しても同じだ。世襲制という鷲宮の規律について、古い習わしだと父を説得し、自分は結婚し子を作る気持ちがないことを言い続けている。奏一郎に手出しするなと、忠告するためもあった。

口約束で隼人と交わした、払わなくてもいい隼人への借金を返済し続ける義理堅い奏一郎の行動には父も感心しているようだが、まだ納得はしていない。

「………………！」

夜桜と歩道を眺めていると、見覚えのある姿が向こうの交差点から歩いてくるのを見つける。急いでいるように小走りで、隼人の事務所があるビルの入り口へ入っていく。窓から視線をそらすと、隼人の様子に気づいた兎嶋が、またにやにやと笑い出した。

ガチャ、と音を立てて、遠慮がちにゆっくりとドアが開く。そこには、まだ春が来たばかりで寒い夜道を走ってきた、マフラーを巻いてカーディガンを羽織る奏一郎の姿があった。トートバッグを肩にかけているが、急ぎ過ぎて片方の取っ手がずり落ちている。ぼんやりとした一重に、寝ぐせのようなクセっ毛はあいかわらずだ。

「ご、ごめんなさい。遅れました……」

少し息をついて、奏一郎は顔を上げた。すると、兎嶋がパッと明るい笑顔を奏一郎へ向けて、軽く手を振る。

「奏一郎さん、待ってましたよー！」

「……兎嶋くん」

兎嶋に目を向けて、奏一郎は穏やかに笑って軽く会釈をする。そして、窓のそばに立って自分のほうを見ている隼人の姿に気づくと、照れたように笑う。そしてドアを閉めて、隼人や兎嶋へ近づいた。

窓のところに立つ隼人の前に行こうと、奏一郎は机の前に立つ兎嶋の横に並ぶ。隼人は窓から離れると、奏一郎の近くに寄ってその腕を摑んだ。

「……奏一郎、いつものとこで受け取るから」

「あ……う、うん」

素直にうなずく奏一郎を、兎嶋はいつもとはちがう表情で眺めた。それに気づき、兎嶋をきつく見据える。

もう何度か聞いたものの、どうしても兎嶋が奏一郎を馴れ馴れしく名前で呼ぶのを許容できない。一年半前までは奏一郎のことをバカにしていたというのに、兎嶋の態度の変わり様に不信感を露わにした。

すると、それに感づいたのか兎嶋は声を出して笑う。

「大丈夫ですよ、そんなに警戒しなくても。別に僕、奏一郎さんのこと好きなわけじゃないですから」

それは知っている。そういう目ではない。

くすくすと笑い、兎嶋は眼鏡の奥の瞳を光らせて、奏一郎を見惚《みと》れるように見つめる。

「だって奏一郎さん、鷲宮の血筋である隼人さんの精液をたくさん体に受けているわけでしょ？　そう考えたら、なんだか愛おしくなっちゃいますよねえ」

「…………え!?」

変態的で刺激の強いことを平気で話す兎嶋の言葉を遮るように、隼人は奏一郎の両耳をあわててふさぐ。しかし、その言葉は奏一郎の耳にしっかり届いてしまったようで、奏一郎は時間差で意味を理解し真っ赤になった。

「お前……」

じとりと睨むと、兎嶋は思い出したように話す。

「あ、かんちがいしないでくださいね？　隼人さんに抱かれたいわけでもないので。僕、可愛い子のほうが好みですから」

奏一郎に不気味な笑顔を送り続ける兎嶋を無理やり帰宅させ、奏一郎を事務所の奥の応接室へ連れていく。歩道に面した先ほどの部屋は、カーテンを閉めたとしても窓から見えてしまうため、だれにも知られたくない話をする場所には向かない。表面上は、毎月の返済日に事務所へ来てお金を渡す約束だとしても、隼人にとってはお互いに忙しい奏一郎との逢瀬《おうせ》となる大事な日だ。

応接室に着き、電気をつけた。奏一郎を先に部屋に通して自分も入り、ドアを閉める。今日は、いつもとちがう特別な日。だから、最初だけでも冷静に対応しようと決めていた。

「わ……っ」

ひさしぶり——といっても一ヶ月ぶりで、何度か電話で話をしていたのだが、それでも隼人にとっては長い時間だった。落ち着いて彼と向きあおうと思っていたのだが、マフラーを外して隼人を振り返る奏一郎を見て、我慢できなくなる。奏一郎の腕を引っ張って、両手で強く抱きすくめた。

あれから一年半。奏一郎は奏一郎で、自分で道を歩みはじめていた。鷲宮への借金がなくなった奏一郎は、『ガラスの靴』を辞めて、アルバイトをしていた飲食店の仕事を続けた。真面目で調理が得意だった奏一郎は、店長に認められて就職。コツコツとお金を貯め、毎月決まった約束の日に隼人への返済を続けた。隼人は別にいいよと言っていたのだが、奏一郎はけじめだからと話して、返すことをやめようとはしなかった。

一緒に住むことはまだ叶わないが、それでも毎月この約束のおかげで会えるこの日が、隼人にとって大事な日になっていた。

無言で奏一郎を抱きしめ、ひさしぶりの感触を味わっていると、奏一郎が遠慮がちに隼人の体を押した。

「あの、先にお金を渡したくて……」

「……ああ、そうだな」

奏一郎に言われ、両手を離す。いつもなら、照れてされるがままの奏一郎だが、今日はめずらしい行動だった。どうしたのかと思いつつ、奏一郎を応接室にあるソファに座らせ、その横に腰かける。

今日は特別な日。奏一郎からお金を返してもらう、最後の日だ。

（……今日、ちゃんと奏一郎に話す）

一年半前に決めた月一回の約束の日は、今日で終わり。そして今日、隼人は奏一郎へ、とある提案をすることを前から決めていた。

ずっとさみしい思いをしてきた奏一郎を幸せにしたい、一緒に暮らしたいということ。

父は、母と幼い隼人を守るため、あえて別居することを選んだ。しかし、自分はちがう方法で奏一郎を守りたいと考えている。一年半ではまだまだ難しいことも多いが、奏一郎を危険な目に遭わせないようにするため、守るために、稼業をまともで大きなものへと変えていくためにずっと努力してきた。これからも奏一郎を守りながら、そうしていきたいと考えていた。

奏一郎はバッグから封筒を取り出すと、隼人のほうを向いて手渡す。

「……はい。返すまでにたくさん時間がかかって、本当にごめん」

それを片手で受け取り、優しく笑って顔を横に振る。一年半前にした約束を守るために、時間がかかってしまったのは自分も同じだ。

どんな顔をして、返事をするんだろう。鷲宮の血筋を認めて継ぐことを決意し、住む世界が別になった自分に、カタギしかいない世界へ戻った奏一郎は一年半前と同じ気持ちで応えてくれるだろうか。

「……奏一郎。俺、話したいことが――」

隼人が顔を上げて話しはじめた、瞬間だ。奏一郎が両手を伸ばして、隼人の首元に抱きついた。あまりに突然のことに、受け止めきれずにソファへ倒れ込んでしまう。

「奏一郎!?」

おどろいた隼人が片手に持っていた封筒が滑り、床へ落ちる。奏一郎は隼人に力強く抱きついたまま、体を離そうとしない。起き上がる間もなく、奏一郎はめずらしく大きな声で話しはじめる。

「あ……あの……ずっと前から、隼人にお金を返し終える今日、お願いしようと思っていたことがあって……」

「お願い……?」

そうとう恥ずかしいお願いなのだろうか。隼人に抱きついたままの奏一郎は、耳まで真っ赤にしている。そんなに必死になるくらい大事なことなら、今日とは言わず、もっと早く言ってくれればよかったのに。自分にできることなら、いや、できないことだとしても。奏一郎のために、なんでも叶えてやりたい。

奏一郎は、顔を上げた。動揺したように視線を泳がせて、どう話したらいいのか、話してもいいのか、迷っているようにも見えた。大丈夫と伝えるために背中をさすってやろうとする前に、奏一郎は決意したようにまっすぐ隼人を見つめた。心臓を摑まれたような感覚になって、片手をそのままに息を飲む。

「俺、隼人のことが大好きなんだ……！」

奏一郎がその言葉を口にしたのは、初めてだ。表情や態度では伝わっていたものの、あらためて話すことはなかった。遠慮していたようにも見えた。だから、隼人からも聞くことはなかった。いつか言ってくれる――しかしそれが今日だとは思っていなかったし、しかも『大好き』とまで言ってもらえると思っていなかった隼人は、おどろいて少しのあいだ言葉を失ってしまう。

そして奏一郎は、隼人の反応を待たずに顔を真っ赤にした。きっと、自分が口にした言葉を振り返ったのだろう。それでも奏一郎は、真剣な表情で口を開いた。

「だから俺と一緒に、く……暮らしてくれませんか」

それは今日、偶然にも隼人が伝えようと思っていたこと。

一緒にいたいという、一年半前にした約束を守ろうとしたのは、奏一郎も同じだった。

「…………っ……」

こみ上げてくる感情が苦しくて、唇を噛んだ。嬉しくて信じられなくて、片手で奏一郎の頬を撫でる。奏一郎は一瞬瞼を閉じて、ゆっくりと開く。視線が合って、心臓が同じ速さで鼓動する音が体に伝わってきた。

答えは、決まっている。

「……よろしく、お願いします」

奏一郎につられて、敬語で答える。それを聞くと、最近よく笑うようになった奏一郎が、こぼれるような笑顔を隼人に向けた。

あとがき

はじめまして、こんにちは、柊《ひいらぎ》モチヨと申します。

このたびは「あらがう獣《けもの》」をお手に取っていただきまして、本当にありがとうございます！


自分の荒々しい本性や実家の家業を受け入れられず、普通になろうと必死な隼人《はやと》と、過去のトラウマから自分の価値を見いだせない、うしろ向きな奏一郎《そういちろう》。

十年前の思い出を引きずりながら、奏一郎を守るため、前に進むために自分や家業と向き合うことを決めた隼人と、そんな隼人に大事にされて、変わっていく奏一郎のお話を書かせていただきました。

今回は「獣」をタイトルに入れたこともあり、登場人物の名前には、動物名を入れてみました。

イケメン猛禽類のハヤブサと見せかけて鳥類の王者のワシ、おとなしい草食系のシカ、可愛らしい容姿で性欲強いウサギ、虎視眈々と獲物を狙うサメ……。名前を考えるのもとても楽しかったです(笑)。
そして、前回の『セーラー服を着させて』でもそうだったのですが、いつも受視点の物語を書くことが多かったため、隼人と一緒になって、悶々と奏一郎の気持ちを探る日々でした。どうしたら奏一郎に振り向いてもらえるのか……悶々……(笑)。

爽やかなイケメンで、色気も漂わせる隼人と、はかなげで可愛らしい奏一郎を描いてくださった壱也《いちや》先生、色気たっぷりの素晴らしいふたりを本当にありがとうございます！
優しげな垂れ目、さらさらな色素の薄い茶髪、高身長という隼人の容姿は、私の中のイケメン像を盛り込みまくったのですが、美しすぎてニヤニヤしてしまいます。どうしよう……めちゃくちゃ好みです……。ぼんやりした表情や焦った表情、泣きそうな表情どれもが可愛らしすぎる奏一郎には、隼人と一緒になってやられてしまいました……！

そしてとてもお忙しい中、悶々と悩む私に、素晴らしく的確なご指導をいただけた担当様。いつもお世話になって、本当にありがとうございます！

隼人と奏一郎のお話を、みなさまに楽しんでいただけましたらとても嬉しいです。

それでは、また会えますことを祈りまして。

２０１６年12月　　　柊モチヨ

セーラー服を着させて《せーらーふくをきさせて》

柊モチヨ
イラスト：三尾じゅん太

本体価格 870 円+税

容姿端麗で仕事もデキる、隙がない男・橋本柚希には、長年抱えてきた大きな秘密がある。それは…、「包容力のある年上男性に愛されたい！抱かれたい！」という願望を持つ、乙女なオネエであることだった！本当の自分を隠しながら生きていた柚希は、ある晩、偶然出会った金髪碧眼の美少年・恭平を、絡まれていた男たちから助ける。まるで捨て猫のように警戒心を露わにする恭平を見捨てられず、気に掛けるようになった柚希。しかし、不器用で純朴な彼の素顔を知るうちに、次第に庇護欲以上の好意を抱くようになり……!?

リンクスロマンス大好評発売中

義兄弟《ぎきょうだい》

真式マキ
イラスト：雪路凹子

本体価格870円+税

「今、兄さんを支配してるのは、僕だよ。身体で理解すればいい――」

会社を営む聖司の前に、気まずく別れ十年間音信不通だった弟・怜が突然姿を現す。怜は幼い頃家に引き取らた父の愛人の子だった。唯一優しく接する聖司に懐き、敬意や好意を熱心に寄せて来ていたが、ある日を境に、聖司のことを避けるようになった。そんな変貌に聖司は戸惑う。そして投資会社の担当として再会した怜は、精悍な美貌と自信を身に着けた大人の男に成長していた。再び良い兄弟仲を築ければと聖司は打ち解けていくが、その矢先、会社への融資を盾に、怜に無理矢理犯されてしまい――。

睡郷の獣《すいきょうのけもの》

和泉 桂
イラスト：サマミヤアカザ

本体価格 970 円+税

獣人と人間が共存し鎖国を続ける国、銀嶺。獣人は人を支配し、年に一度、睡郷で「聖睡」と呼ばれる冬眠をする決まりだった。ニナは純血種の獣人で、端整な美貌と見事な尻尾を持つ銀狐だが、父が国王に反逆した罪で囚われ、投獄されてしまう。命とひきかえに、その身を実験に使われることになったニナは、異端の研究者であるレムの住む辺境の地へと送られる。忌み嫌われる半獣のレムにはじめは反発していたニナは、その不器用な優しさに触れていく中で次第に心惹かれてゆくが、次第に実験を命じた王に疑念を抱き……。

リンクスロマンス大好評発売中

金の光と銀の民《きんのひかりとぎんのたみ》

向梶あうん
イラスト：香咲

本体価格870円+税

過去の出来事と自分に流れるある血のせいで、人を信じられず孤独に生きてきたソウは、偶然立ち寄った村で傷を負って倒れていた男を助ける。ソウには一目で、見事な金の髪と整った容貌の持ち主であるその男が自分と相容れない存在の魔族だと分かった。だが男は一切の記憶を失っており、ソウは仕方なく共に旅をすることになる。はじめは、いつか魔族の本性を現すと思っていたが、ルクスと名付けたその男がただ一途に明るく自分を慕ってくることに戸惑いを覚えてしまうソウ。しかし同時に、ありのままの自分を愛されることを心のどこかで望んでいた気持ちに気づいてしまい……。

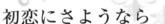

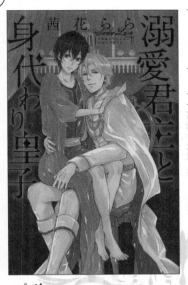

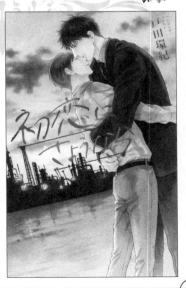

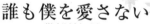

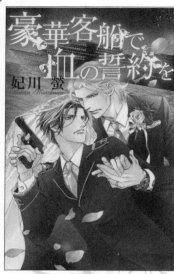

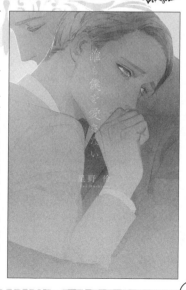

妖鳥の甘き毒《ようちょうのあまきどく》

高原いちか

イラスト：東野 海

本体価格870 円+税

王家の傍系である周家と、武官の家である檀家の勢力争いが繰り広げられる大国・白海国。周家の当主・西苑は、明晰な頭脳と美貌で、若くして政を取り仕切っていたが、一方で身分を隠し夜の街で男を漁る淫らな顔を持っていた。だがある日、西苑はその秘密を敵対する檀家の季郎に知られてしまう。若い獅子のような獰猛な光を放つ季郎に「黙っている代わりに、俺に抱かれろ」と傲岸不遜に告げられた西苑は、強引に身体を開かれるが――。

リンクスロマンス大好評発売中

黒狼の水鏡《こくろうおうのみずかがみ》

橋本悠良

イラスト：古澤エノ

本体価格870円+税

広告代理店に勤める馨は、人ならざるものが見える特異体質を持っていた。そのため周りに馴染めず孤独な思いを抱えていたが、不思議な鏡を拾ったことをきっかけに馨の生活は一変する。なんと、鏡から獣の耳と尻尾を生やした少年が現れたのだ。「物の怪を統べる王、黒狼の化身・大牙だ」と名乗った少年は鏡が割れたせいで力を失い幼体化し、元の世界に帰れないと言う。そんな大牙の面倒をみることにしたが、屈強な成人の姿に戻るにつれ、徐々に近づく大牙との別れに寂しさが募り……？

犬神さま、躾け中。《いぬがみさま、しつけちゅう。》

茜花らら
イラスト：日野ガラス

本体価格870 円+税

高校生の神尾和音は、幼いころから身体が弱く幼馴染みでお隣に住む犬養志紀に頼り切って生きてきた。そんなある日、突然和音にケモミミとしっぽが生えてしまう。驚いて学校から逃げ帰った和音だったが、追いかけてきた志紀に見つかり、和音と志紀の家の秘密を知らされる。なんと、和音は獣人である犬神の一族で、志紀の一族はその神に仕え、神官のように代々神尾家を支える一族だという。驚いた和音に、志紀はさらに追い討ちをかけてきた。あろうことか「犬は躾けないとな」と、和音に首輪をはめてきて……!?

リンクスロマンス大好評発売中

約束の赤い糸《やくそくのあかいいと》

真先ゆみ
イラスト：陵クミコ

本体価格870円+税

デザイン会社の社員である朔也は、年上の上司・室生と付き合って二年ちかくになるが、ある日出席したパーティで思わぬ人物に再会する。その相手とは、大学時代の同級生であり、かつて苦い別れ方をした恋人・敦之だった。無口で無愛想なぶん人に誤解されやすい敦之が、建築家として真摯に仕事に取り組む姿を見て、閉じ込めたはずの恋心がよみがえるのを感じる朔也。過去を忘れるためとは言え、別の男と付き合った自分にその資格はないと悩む朔也だが、敦之に「もう一度、おまえを好きになっていいか」と告げられて……。

恋を知った神さまは《こいをしったかみさまは》

朝霞月子
イラスト：カワイチハル

本体価格870円+税

人里離れた山奥に存在する、神々が暮らす場所“津和の里”。小さな命を全うし、神に転生したばかりのリス・志摩は里のはずれで倒れていたところを、里の医者・櫨禅に助けられ、快復するまで里で面倒をみてもらうことになった。包み込むような安心感を与えてくれる櫨禅と過ごすうち、志摩は次第に、恩人への親愛を越えた淡い恋心を抱くようになっていく。しかし、櫨禅の側には、彼に密かに想いを寄せる昔馴染みの美しい神・千世がいて……？

リンクスロマンス大好評発売中

金緑の神子と神殺しの王《きんりょくのみことかみごろしのおう》

六青みつみ
イラスト：カゼキショウ

本体価格870円+税

高校生の苑宮春夏は、ある日突然異世界にトリップしてしまう。なんでも、アヴァロニス王国というところから、神子に選ばれ召還されてしまったのだ。至れり尽くせりだが軟禁状態で暮らすことを余儀なくされ、自分の巻き添えで一緒にトリップした友人の秋人とも離ればなれになり、不安を抱えながらも徐々に順応する春夏。そんななか、神子として四人の王候補から次代の王を選ぶのが神子の役目と告げられる。王を選ぶには全員と性交渉をし、さらには王国の守護神である白き竜蛇にもその身を捧げなければならないと言われ……。

LYNX ROMANCE

小説原稿募集

リンクスロマンスではオリジナル作品の原稿を随時募集いたします。

募集作品

リンクスロマンスの読者を対象にした商業誌未発表のオリジナル作品。
（商業誌未発表のオリジナル作品であれば、同人誌・サイト発表作も受付可）

募集要項

＜応募資格＞

年齢・性別・プロ・アマ問いません。

＜原稿枚数＞

４５文字×１７行（１枚）の縦書き原稿、２００枚以上２４０枚以内。
※印刷形式は自由。ただしＡ４用紙を使用のこと。
※手書き、感熱紙不可。
※原稿には必ずノンブル（通し番号）を入れてください。

＜応募上の注意＞

◆原稿の１枚目には、作品のタイトル、ペンネーム、住所、氏名、年齢、電話番号、メールアドレス、投稿（掲載）歴を添付してください。
◆２枚目には、作品のあらすじ（４００字～８００字程度）を添付してください。
◆未完の作品（続きものなど）、他誌との二重投稿作品は受付不可です。
◆原稿は返却いたしませんので、必要な方はコピー等の控えをお取りください。
◆１作品につき、ひとつの封筒でご応募ください。

＜採用のお知らせ＞

◆採用の場合のみ、原稿到着後６カ月以内に編集部よりご連絡いたします。
◆優れた作品は、リンクスロマンスより発行させていただきます。
原稿料は、当社既定の印税でのお支払いになります。
◆選考に関するお電話やメールでのお問い合わせはご遠慮ください。

宛先

〒151-0051
東京都渋谷区千駄ヶ谷４−９−７
株式会社　幻冬舎コミックス
「リンクスロマンス　小説原稿募集」係

LYNX ROMANCE

イラストレーター募集

リンクスロマンスでは、イラストレーターを随時募集いたします。

リンクスロマンスから任意の作品を選び、作品に合わせた
模写ではないオリジナルのイラスト（下記各1点以上）を描いてご応募ください。
モノクロイラストは、新書の挿絵箇所以外でも構いませんので、
好きなシーンを選んで描いてください。

1 表紙用 カラーイラスト

2 モノクロイラスト（人物全身・背景の入ったもの）

3 モノクロイラスト（人物アップ）

4 モノクロイラスト（キス・Hシーン）

募集要項

＜応募資格＞

年齢・性別・プロ・アマ問いません。

＜原稿のサイズおよび形式＞

◆Ａ４またはＢ４サイズの市販の原稿用紙を使用してください。
◆データ原稿の場合は、Photoshop（Ver.5.0 以降）形式でＣＤ－Ｒに保存し、
出力見本をつけてご応募ください。

＜応募上の注意＞

◆応募イラストの元としたリンクスロマンスのタイトル、
あなたの住所、氏名、ペンネーム、年齢、電話番号、メールアドレス、
投稿歴、受賞歴を記載した紙を添付してください（書式自由）。
◆作品返却を希望する場合は、応募封筒の表に「返却希望」と明記し、
返却希望先の住所・氏名を記入して
返送分の切手を貼った返信用封筒を同封してください。

＜採用のお知らせ＞

◆採用の場合のみ、６カ月以内に編集部よりご連絡いたします。
◆選考に関するお電話やメールでのお問い合わせはご遠慮ください。

宛先

〒151-0051 東京都渋谷区千駄ヶ谷 4－9－7
株式会社　幻冬舎コミックス
「リンクスロマンス　イラストレーター募集」係

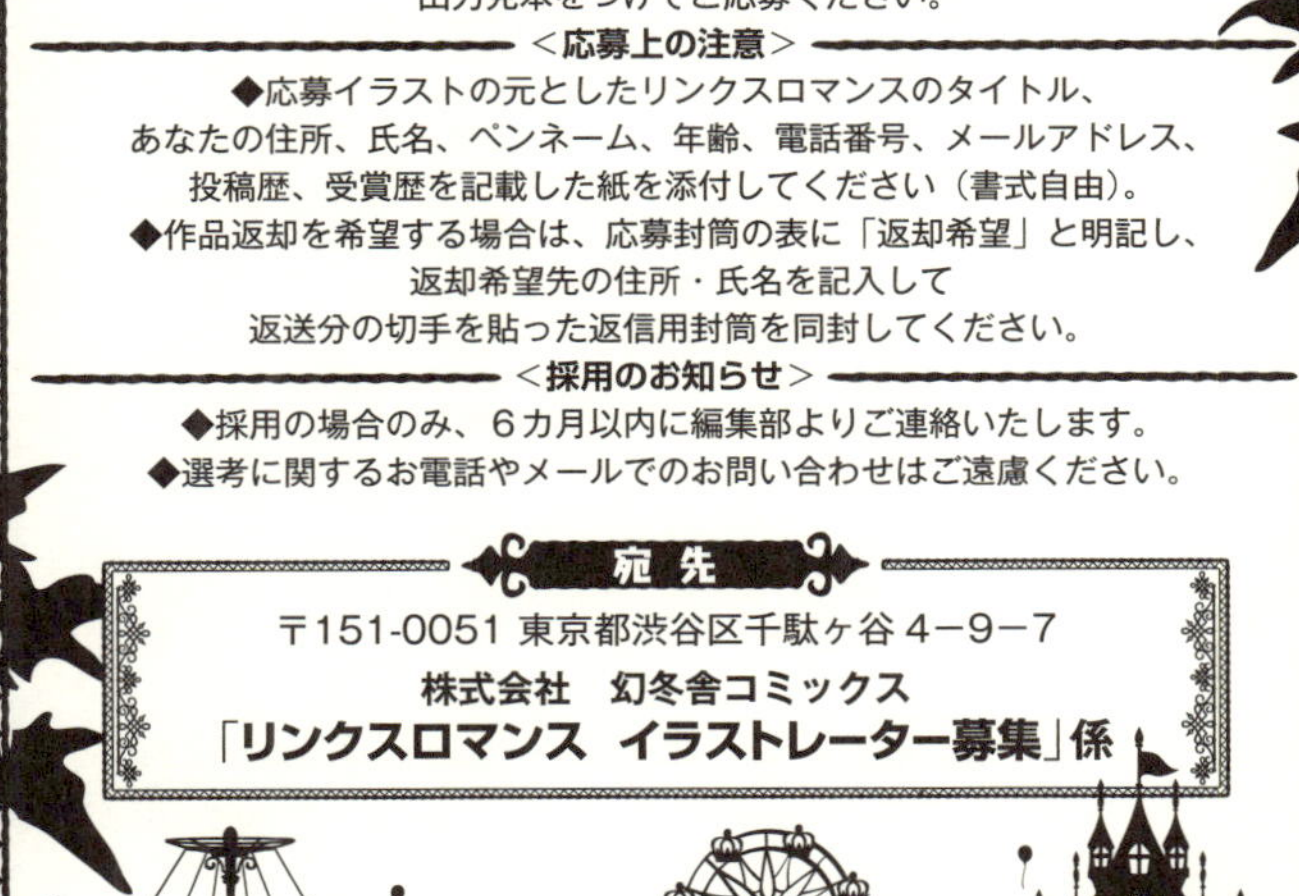

この本を読んでの
ご意見・ご感想を
お寄せ下さい。

〒151-0051
東京都渋谷区千駄ヶ谷4-9-7
(株)幻冬舎コミックス　リンクス編集部
「柊《ひいらぎ》モチヨ先生」係／「壱也《いちや》先生」係

リンクス ロマンス

あらがう獣

2016年12月31日　第1刷発行

著者……………柊《ひいらぎ》モチヨ
発行人…………石原正康
発行元…………株式会社　幻冬舎コミックス
〒151-0051　東京都渋谷区千駄ヶ谷4-9-7
TEL 03-5411-6431（編集）
発売元…………株式会社　幻冬舎
〒151-0051　東京都渋谷区千駄ヶ谷4-9-7
TEL 03-5411-6222（営業）
振替00120-8-767643
印刷・製本所…株式会社 光邦
検印廃止

ISBN978-4-344-83874-1 C0293
Printed in Japan

幻冬舎コミックスホームページ　http://www.gentosha-comics.net